台灣南島語言②

賽夏語參考語法

葉美利◎著

遠流

台灣南島語言②
賽夏語參考語法

作　　者／葉美利

發 行 人／王榮文

出版發行／遠流出版事業股份有限公司

　　　　　臺北市南昌路二段81號6樓

　　　　　郵撥／0189456-1　電話／2392-6899

　　　　　傳眞／2392-6658

香港發行／遠流（香港）出版公司

　　　　　香港北角英皇道310號雲華大廈4樓505室

　　　　　電話／2508-9048　傳眞／2503-3258

　　　　　香港售價／港幣83元

法律顧問／王秀哲律師‧董安丹律師

著作權顧問／蕭雄淋律師

2000年3月1日　初版一刷

2005年1月1日　初版二刷

行政院新聞局局版臺業字第1295號

新台幣售價250元　（缺頁或破損的書，請寄回更換）

ISBN　957-32-3888-8

YLib 遠流博識網

http://www.ylib.com　　　　　E-mail:ylib@ylib.com

《獻辭》

　　我們一同將這套叢書獻給台灣的原住民同胞，感謝他們帶給世人無比豐厚的感動。

　　我們也將這套叢書獻給李壬癸先生，感謝他帶領我們走進台灣原住民語言的天地，讓我們懂得怎樣去領受這份豐厚的感動。這套叢書同時也作為一份獻禮，恭祝李先生六十歲的華誕。

何大安　　吳靜蘭　　林英津　　張永利　　張秀絹
張郇慧　　黃美金　　楊秀芳　　葉美利　　齊莉莎

一同敬獻
中華民國 88 年 11 月 12 日

《台灣南島語言》序

　　她的美麗，大家都知道；所以人人稱她「福爾摩莎」。美麗的事物，應當珍惜；所以作者們合寫了這一套叢書。

　　聲音之中，母親的言語最美麗。這套叢書，正是爲維護台灣原住民的母語而寫的。解嚴以後，台灣語言生態的維護與重建，受到普遍的重視；母語教學的活動，也相繼熱烈的展開。教育部顧問室於是在民國 84 年，委託國立台灣師範大學英語系的黃美金教授規劃一部教材，以作爲與維護台灣原住民母語有關的教學活動的基礎參考資料。黃教授組織了一支高水準的工作隊伍，經過多年的努力，終於完成了這項開創性的工作。

　　台灣原住民的語言雖然很多，但是都屬於一個地理分布非常廣大的語言家族，我們稱爲「南島語族」。從比較語言學的觀點來說，台灣南島語甚至是整個南島語中最具存古特徵、也因此是最足珍貴的一些語言。然而儘管語言學家對台灣南島語的研究持續不斷，他們研究的多半是專門的問題，發表的成果也多半以外文爲之，同時研究的深度也各個語言不一；因此都不適合直接用於母語教學。這套叢書的編寫，等於是一個全新的開始：作者們親自調查

語言、親自分析語言；也因此提出了一個全新的呈現：一致的體例、相同的深度。這在台灣原住民語言的研究和維護上，是一項創舉。

現在我把這套叢書的作者和他們各自撰寫的語言專書列在下面，向他們致上敬意與謝意：

黃美金教授	泰雅語、卑南語、邵語
林英津教授	巴則海語
張郇慧教授	雅美語
齊莉莎教授	鄒語、魯凱語、布農語
張永利教授	噶瑪蘭語、賽德克語
葉美利教授	賽夏語
張秀絹教授	排灣語
吳靜蘭教授	阿美語

也謝謝他們的好意，讓我與楊秀芳教授有攀附驥尾的榮幸，合寫這套叢書的「導論」。我同時也要感謝支持這項規劃案的教育部顧問室陳文村主任，以及協助出版的遠流出版公司。台灣原住民的語言，不止上面所列的那些；母語維護的工作，也不僅僅是出版一套叢書而已。不過，涓滴可以匯成大海。只要有心，只要不間斷的努力，她的美麗，終將亙古如新。

何大安　謹序
教育部諮議委員
中央研究院研究員
民國 88 年 11 月 12 日

語言、知識與原住民文化

　　研究語言的學者大都同意：南島語言是世界上分佈最廣的語族，而台灣原住民各族的族語則保留了南島語最古老的形式，它是台灣最寶貴的文化資產。

　　然而由於種種歷史因果的影響，十九世紀末，廣泛的平埔族各族語言，因長期漢化的緣故，逐漸喪失了活力；而花蓮、台東一帶，以及中央山脈兩側所謂的原住民九族地區，近百年來，則由於日本及國府國族中心主義之有效統治，在社會、經濟、文化、風俗習慣、生活方式乃至主體意識等各方面都發生了前所未有的結構性改變，原住民各族的語言生態，因而遭到嚴重的破壞。事隔一百年，台灣原住民各族似乎也面臨了重蹈平埔族覆轍之命運，喑啞而漸次失語。

　　語言的斷裂不只關涉到文化存續的問題，還侵蝕了原住民的主體世界。祖孫無法交談，家族的記憶和情感紐帶難以銜接；主體無能以族語說話，民族的認同失去了強而有力的憑藉。語言的失落，事實上也是一個民族的失落，他失去了他存有的安宅。除非清楚地認識這一點，我們無法真正地瞭解當代原住民精神世界苦難的本質。

　　四百年來，對台灣原住民語言的記錄和研究並不完全是空白的。荷蘭時代和歷代熱心傳教的基督教士，爲我們留下了斷斷續續的線索。他們創制了拼音文字，翻譯族語聖經，記錄了原住民的歌謠。日據時代，更有大量的人類學田野記錄，將原住民的神話傳說、文化風習保存了下來。然而後來關鍵的這五十年，由於特殊的政治和歷史環境，台灣的學術界從未將目光投注到這些片段的文獻上，不但沒有持續進行記錄的工作，甚至將前人的研究束諸高閣，連消化的興趣都沒有。李壬癸教授多年前形容自己在南島語言研究的旅途上，是孤單寂寞，是千山我獨行；這種心情，常讓我聯想到自己民族的黃昏處境，寂寥空漠、錐心不已。

　　所幸民國六十年代起，台灣本土化意識漸成主流，原住民議題浮上歷史抬面，有關原住民的學術研究也成爲一種新的風潮。我們是否可以因而樂觀地說：「原住民學已經確立了呢？」我認爲要回答這個提問，至少必須先解決三個問題：

　　第一，　前代文獻的校讎、研究與消化。過去零星的資料和日據時代田野工作的成果，基礎不一、良莠不齊，需要我們以新的方法、眼光和技術，進行校勘、批判和融會。

　　第二，　對種種意識型態的敏感度及其超越。民國六十年代以來，台灣原住民文化、歷史的研究頗爲蓬勃。原

住民知識體系的建構，隨著台灣的政治意識型態的發展，也形成了若干知識興趣。先是「政治正確」的知識，舉凡符合各自政治立場的原住民文化、歷史論述，即成爲原住民知識。其次是「本土正確」的知識，以本土性作爲知識建構的前提或合法性基礎的原住民知識。最後是「身份正確」的知識，越來越多的原住民作者以第一人稱的身份發言，並以此宣稱其知識的確實性。這三種知識所撐開的原住民知識系統，各有其票面價值，但對「原住民學」的建立是相當有害的。我們必須保持對這些知識陷阱的敏感度並加以超越。

第三，原住民經典的彙集。過去原住民知識之所以無法累積，主要是因爲原典沒有確立。典範不在，知識的建構便沒有源頭，既無法返本開新，也難以萬流歸宗。如何將原住民的祭典文學、神話傳說、禮儀制度以及部落歷史等等刪訂集結，實在關係著原住民知識傳統的建立。

不過，除了第二點有關意識型態的問題外，第一、三點都密切地關聯到語言的問題。文獻的校勘、注釋、翻譯和原住民經典的整理彙編，都歸結到各族語言的處理。這當中有拼音文字之確定問題，有各族語言音韻特徵或規律之掌握問題，更有詞彙結構、句法結構的解析問題；充分把握各族的語言，上述兩點的工作才可能有堅實的學術基礎。學術挺立，總總意識型態的糾纏便可以有客觀、公開的評斷。

　　基於這樣的理解，我認為《台灣南島語言》叢書的刊行，標誌著一個新的里程碑，它不但可以有效地協助保存原住民各族的語言，也可以促使整個南島語言的研究持續邁進，並讓原住民的文化或所謂原住民學提昇到嚴密的學術殿堂。以此為基礎，我相信我們還可以進一步編訂各族更詳盡的辭典，並發展出一套有用的族語教材，為原住民語言生態的復振，提供積極的條件。

　　沒有任何人有權力消滅或放棄一個語言，每一族母語都是祖先的恩賜。身為原住民的一份子，面對自己語言的殘破狀況，雖說棋局已殘，但依舊壯心不已。對所有本叢書的撰寫人，以及不計盈虧的出版家，恭敬行禮，感佩至深。

孫大川　謹序
行政院原住民委員會副主任委員
民國 89 年 2 月 3 日

目 錄

獻辭 ……………………………………………… i
何序 ……………………………………………… ii
孫序 ……………………………………………… iv
目錄 ……………………………………………… viii
圖表目錄 ………………………………………… x
語音符號對照表 ………………………………… xii

叢書導論　南島語與台灣南島語…………………… 1
　　一、南島語的分布………………………… 1
　　二、南島語的語言學特徵………………… 5
　　三、台灣南島語的地位…………………… 10
　　四、台灣南島語的分群…………………… 23
　　五、小結…………………………………… 29
　　叢書導論之參考書目……………………… 30
　　附件……………………………………… 34

第 1 章　導論………………………………………… 37

第 2 章　賽夏語的音韻結構………………………… 41
　　一、語音系統……………………………… 44
　　二、音韻規則……………………………… 52
　　三、音位轉換……………………………… 54
　　四、音節結構……………………………… 56

第 3 章　　賽夏語的詞彙結構………………………　57
　　　　　一、單純詞…………………………………　57
　　　　　二、複合詞…………………………………　58
　　　　　三、衍生詞…………………………………　58
　　　　　四、重疊詞…………………………………　65

第 4 章　　賽夏語的語法結構………………………　69
　　　　　一、詞序……………………………………　69
　　　　　二、格位標記系統…………………………　73
　　　　　三、代名詞系統……………………………　79
　　　　　四、焦點系統………………………………　86
　　　　　五、時制與動貌……………………………　89
　　　　　六、存在句結構……………………………　104
　　　　　七、祈使句結構……………………………　108
　　　　　八、否定句結構……………………………　110
　　　　　九、疑問句結構……………………………　122
　　　　　十、複雜句結構……………………………　132

第 5 章　　賽夏語的長篇語料………………………　155

第 6 章　　賽夏語的基本詞彙………………………　163

賽夏語的參考書目………………………………………　179

專有名詞解釋……………………………………………　185

索引………………………………………………………　199

圖 表 目 錄

圖 1　　南島語分群圖…………………………………　16
圖 2　　台灣南島語分群圖…………………………　28

地圖 1　南島語族的地圖分布………………………　32
地圖 2　台灣南島語言的分布………………………　33

表 0.1　排灣語、塔加洛語、斐濟語同源詞表……　3
表 0.2　排灣語動詞焦點變化…………………………　9
表 0.3　原始南島語*c、*t 的反映…………………　11
表 0.4　焦點系統的演化………………………………　13
表 0.5　原始南島語的輔音…………………………　17
表 0.6　原始南島語同源詞…………………………　17
表 0.7　兩種音韻創新的演變階段………………　25
表 0.8　原始南島語中舌尖濁塞音、濁塞擦音之
　　　　五種演變類型　　　　　　　　　　　　26
表 0.9　舌尖濁塞音、濁塞擦音演變之三個階段…　27
表 2.1　賽夏語的輔音………………………………　45
表 2.2　賽夏語的輔音分佈…………………………　49
表 2.3　賽夏語的元音………………………………　50
表 2.4　賽夏語的元音分佈…………………………　52
表 4.1　賽夏語的格位標記系統……………………　73
表 4.2　賽夏語的格位標記與語意角色之對應……　79
表 4.3　賽夏語的人稱代名詞系統　………………　80
表 4.4　賽夏語的人稱代名詞及其語意角色………　84
表 4.5　賽夏語的焦點系統　………………………　86
表 4.6　賽夏語焦點和主語語意角色之對應關係…　89
表 4.7　賽夏語的時貌系統　………………………　104

表 4.8　賽夏語的否定詞 ································· 121
表 4.9　賽夏語名詞性疑問代詞的格位標記 ········· 123
表 4.10　賽夏語表處所的疑問詞 ······················· 129

語音符號對照表

下表為本套叢書各書中所採用的語音符號，及其相對的國際音標、國語注音符號對照表：

	本叢書採用之符號	國際音標	相對國語注音符號	發 音 解 說	出處示例
元	i	i	ㄧ	高前元音	阿美語
	ʉ	ʉ	ㄜ	高央元音	鄒語
	u	u	ㄨ	高後元音	邵語
	e	e	ㄝ	中前元音	泰雅語
	oe	œ		中前元音	賽夏語
	e	ə	ㄜ	中央元音	鄒語
音	o	o	ㄛ	中後元音	泰雅語
	ae	æ		低前元音	賽夏語
	a	a	ㄚ	低央元音	阿美語
輔	p	p	ㄅ	雙唇不送氣清塞音	賽夏語
	t	t	ㄉ	舌尖不送氣清塞音	賽夏語
	c	ts	ㄗ	舌尖不送氣清塞擦音	泰雅語
	T	ʈ		捲舌不送氣清塞音	卑南語
	t́	c		硬顎清塞音	叢書導論
	tj				排灣語
音	k	k	ㄍ	舌根不送氣清塞音	賽夏語
	q	q		小舌不送氣清塞音	泰雅語
	'	ʔ		喉塞音	泰雅語
	b	b		雙唇濁塞音	賽德克語
		ɓ		雙唇濁前帶喉塞音	鄒語

	本叢書採用之符號	國際音標	相對國語注音符號	發 音 解 說	出處示例
輔	d	d		舌尖濁塞音	賽德克語
		ɗ		舌尖濁前帶喉塞音	鄒語
	D	ɖ		捲舌濁塞音	卑南語
	ḍ	ɟ		硬顎濁塞音	叢書導論
	dj				排灣語
	g	g		舌根濁塞音	賽德克語
	f	f	ㄈ	唇齒清擦音	鄒語
	th	θ		齒間清擦音	魯凱語
	s	s	ㄙ	舌尖清擦音	泰雅語
	S	ʃ		齦顎清擦音	邵語
	x	x	ㄏ	舌根清擦音	泰雅語
	h	χ		小舌清擦音	布農語
		h	ㄏ	喉清擦音	鄒語
	b	β		雙唇濁擦音	泰雅語
	v	v		唇齒濁擦音	排灣語
	z	ð		齒間濁擦音	魯凱語
		z		舌尖濁擦音	排灣語
	g	ɣ		舌根濁擦音	泰雅語
	R	ʁ		小舌濁擦音	噶瑪蘭語
	m	m	ㄇ	雙唇鼻音	泰雅語
	n	n	ㄋ	舌尖鼻音	泰雅語
音	ng	ŋ	ㄥ	舌根鼻音	泰雅語
	d				阿美語
	l	ɬ		舌尖清邊音	魯凱語
	L				邵語
	l	l	ㄌ	舌尖濁邊音	泰雅語
	L	ɭ		捲舌濁邊音	卑南語

	本叢書採用之符號	國際音標	相對國語注音符號	發 音 解 說	出處示例
輔 音	ʎ	ʎ		硬顎邊音	叢書導論
	lj				排灣語
	r	r		舌尖顫音	阿美語
		ɾ		舌尖閃音	噶瑪蘭語
	w	w	ㄨ	雙唇滑音	阿美語
	y	j	一	硬顎滑音	阿美語

南島語與台灣南島語

何大安　楊秀芳

一、南島語的分布

　　台灣原住民的語言，屬於一個分布廣大的語言家族：
「南島語族」。這個語族西自非洲東南的馬達加斯加，東
到南美洲西方外海的復活島；北起台灣，南抵紐西蘭；橫
跨了印度洋和太平洋。在這個範圍之內大部分島嶼—新幾
內亞中部山地的巴布亞新幾內亞除外—的原住民的語言，
都來自同一個南島語族。地圖 1（附於本章參考書目後）
顯示了南島語族的地理分布。

　　南島語族中有多少語言，現在還很不容易回答。這是
因為一方面語言和方言難以分別，一方面也還有一些地區
的語言缺乏記錄。不過保守地說有 500 種以上的語言、使
用的人約兩億，大概是學者們所能同意的。

　　南島語是世界上分布最廣的語族，佔有了地球大半的
洋面地區。那麼南島語的原始居民又是如何、以及經過了

多少階段的遷徙，才成爲今天這樣的分布狀態呢？

　　根據考古學的推測，大約從公元前 4,000 年開始，南島民族以台灣爲起點，經由航海，向南遷徙。他們先到菲律賓群島。大約在公元前 3,000 年前後，從菲律賓遷到婆羅洲。遷徙的隊伍在公元前 2,500 年左右分成東西兩路。西路在公元前 2,000 年和公元前 1,000 年之間先後擴及於沙勞越、爪哇、蘇門答臘、馬來半島等地，大約在公元前後橫越了印度洋到達馬達加斯加。東路在公元前 2,000 年之後的一千多年當中，陸續在西里伯、新幾內亞、關島、美拉尼西亞等地蕃衍生息，然後在公元前 200 年進入密克羅尼西亞、公元 300 年到 400 年之間擴散到夏威夷群島和整個南太平洋，最終在公元 800 年時到達最南端的紐西蘭。從最北的台灣到最南的紐西蘭，這一趟移民之旅，走了 4,800 年。

　　台灣是否就是南島民族的起源地，這也是個還有爭論的問題。考古學的證據指出，公元前 4,000 年台灣和大陸東南沿海屬於同一個考古文化圈，而且這個考古文化和今天台灣的原住民文化一脈相承沒有斷層，顯示台灣原住民居住台灣的時間之早、之久，也暗示了南島民族源自大陸東南沿海的可能。台灣爲南島民族最早的擴散地，本章第三節會從語言學的觀點加以說明。但是由於大陸東南沿海並沒有南島語的遺跡可循，這個地區作爲南島民族起源地的說法，目前卻苦無有力的語言學證據。

　　何以能說這麼廣大地區的語言屬於同一個語言家族呢？確認語言的親屬關係，最重要的方法，就是找出有音韻和語義對應關係的同源詞。我們可以拿台灣原住民的排灣語、菲律賓的塔加洛語、和南太平洋斐濟共和國的斐濟語為例，來說明同源詞的比較方法。表 0.1 是這幾個語言部份同源詞的清單。

表 0.1 排灣語、塔加洛語、斐濟語同源詞表

	原始南島語	排　灣　語	塔加洛語	斐　濟　語	語　義
1	*dalan	ɗalan	daán	sala	路
2	*ɗamaɦ	ka-ɗama-ɗama-n	damag	ra-rama	火炬；光
3	*ɗanau	ɗanaw	danaw	nrano	湖
4	*jataɦ	ka-daɗa-n	latag	nrata	平的
5	*ɗusa	ɗusa	da-lawá	rua	二
6	*-inaɦ	k-ina	ina	t-ina	母親
7	*kan	k-əm-an	kain	kan-a	吃
8	*kagac	k-əm-ac	k-ag-at	kat-ia	咬
9	*kaśuy	kasiw	kahoy	kaðu	樹；柴
10	*vəlaq	vəlaq	bila	mbola	撕開
11	*qudaĺ	qudaĺ	ulán	uða	雨
12	*təbus	təvus	tubo	ndovu	甘蔗
13	*ʈalis	calis	taali?	tali	線；繩索
14	*tuduq	ʈ-aĺ-uɗuq-an	túro?	vaka-tusa	指；手指

15	*unəm	unəm	ʔa-nʔom	ono	六
16	*walu	alu	walo	walu	八
17	*maca	maca	mata	mata	眼睛
18	*daga[]¹	ɗaq	dugoʔ	nraa	血
19	*baquɦ	vaqu-an	báago	vou	新的

表 0.1 中的 19 個詞，三種語言固然語義接近，音韻形式也在相似中帶有規則性。例如「原始南島語」的一個輔音*t，三種語言在所有帶這個音的詞彙中「反映」都一樣是「t́：t：t」（如例 12 ‘甘蔗’、 14 ‘指；手指’）；「原始南島語」的一個輔音*c，三種語言在所有帶這個音的詞彙中反映都一樣是「c：t：t」（如 8 ‘咬’、17 ‘眼睛’）。這就構成了同源詞的規則的對應。如果語言之間有規則的對應相當的多，或者至少多到足以使人相信不是巧合，那麼就可以判定這些語言來自同一個語言家族。

絕大多數的南島民族都沒有創製代表自己語言的文字。印尼加里曼丹東部的古戴、和西爪哇的多羅摩曾出土公元 400 年左右的石碑，不過上面所鐫刻的卻是梵文。在蘇門答臘的巨港、邦加島、占卑附近出土的四塊立於公元 683 年至 686 年的碑銘，則使用南印度的跋羅婆字母。這些是僅見的早期南島民族的碑文。碑文顯示的語詞和現代馬來語、印尼語接近，但也有大量的梵文借詞，可見兩種

---

¹ 在本叢書導論中凡有[]標記者，乃指該字音位不明確。

文化接觸之早。現在南島民族普遍使用羅馬拼音文字，則是 16、17 世紀以後西方傳教士東來後所帶來的影響。沒有自己的文字，歷史便難以記錄。因此南島民族的早期歷史，只有靠考古學、人類學、語言學的方法，才能作部份的復原。表 0.1 中的「原始南島語」，就是出於語言學家的構擬。

二、南島語的語言學特徵

南島語有許多重要的語言學特徵，我們分音韻、構詞、句法三方面各舉一兩個顯著例子來說明。首先來看音韻。

觀察表 0.1 的那些同源詞，我們就可以發現：南島語是一個沒有聲調的多音節語言。當然，這句話不能說得太滿，例如新幾內亞的加本語就發展出了聲調。不過絕大多數的南島語大概都具有這項共同特點，而這是與我們所說的國語、閩南語、客語等漢語不一樣的。

許多南島語以輕重音區別一個詞當中不同的音節。這種輕重音的分布，或者是有規則的，例如排灣語的主要重音都出現在一個詞的倒數第二個音節，因而可以從拼寫法上省去；或者是不盡規則的，例如塔加洛語，拼寫上就必須加以註明。

詞當中的音節組成，如果以 C 代表輔音、V 代表元

音的話，大體都是 CV 或是 CVC。同一個音節中有成串輔音群的很少。台灣的鄒語是一個有成串輔音群的語言，不過該語言的輔音群卻可能是元音丟失後的結果。另外有一些南島語有「鼻音增生」的現象，並因此產生了帶鼻音的輔音群；這當然也是一種次生的輔音群。

　　大部分南島語言都只有 i、u、ə、a 四個元音和 ay、aw 等複元音。多於這四個元音的語言，所多出來的元音，多半也是演變的結果，或者是可預測的。除了一些台灣南島語之外，大部分南島語言的輔音，無論是數目上或是發音的部位或方法上，也都常見而簡單。有些台灣南島語有特殊的捲舌音、顎化音；而泰雅、排灣的小舌音 q，或是阿美語的咽壁音ʔ，更不容易在台灣以外的南島語中聽到。當輔音、元音相結合時，南島語和其他語言一樣，會有種種的變化。這些現象不勝枚舉，我們就不多加介紹。

　　其次來看構詞的特點。表 0.1 若干同源詞的拼寫方式告訴我們：南島語有像 ka-、ʔa-這樣的前綴、有-an、-a 這樣的後綴、以及有像-al̂-、-əm-這樣的中綴。前綴、後綴、中綴統稱「詞綴」。以詞綴來造新詞或是表現一個詞的曲折變化，稱作加綴法。加綴法，是許多語言普遍採行的構詞法。像國語加「兒」、「子」、閩南語加「a」表示小稱，或是客語加「兜」表示複數，也是一種後綴附加。不過南島語有下面所舉的多層次附加，卻不是國語、閩南語、客語所有的。

　　比方台灣的卡那卡那富語有 puacacaʉnʉkankiai 這個詞，意思是'（他）讓人走來走去'。這個詞的構成過程如下。首先，卡那卡那富語有一個語義為'路'的「詞根」ca，附加了衍生動詞的成份 u 之後的 u-ca 就成了動詞'走路'。u-ca 經過一次重疊成為 u-ca-ca，表示'一直走、不停的走、走來走去'；u-ca-ca 再加上表示'允許'的兩個詞綴 p-和-a-，就成了一個動詞'讓人走來走去'的基本形式 p-u-a-ca-ca。這個基本形式稱為動詞的「詞幹」。詞幹是動詞時態或情貌等曲折變化的基礎。p-u-a-ca-ca 加上後綴-ʉnʉ，表示動作的'非完成貌'，完成了動詞的曲折變化。非完成貌的曲折形式 p-u-a-ca-ca-ʉnʉ-再加上表示帶有副詞性質的'直述'語氣的-kan 和表示人稱成份的'第三人稱動作者'的-kiai 之後，就成了 p-u-a-ca-ca-ʉnʉ-kan-kiai '（他）讓人走來走去'這個完整的詞。請注意，卡那卡那富語'路'的「詞根」ca 和表 0.1 的'路'同根，讀者可以自行比較。

　　在上面那個例子的衍生過程中，我們還看到了另一種構詞的方式，就是重疊法。南島語常常用重疊來表示體積的微小、數量的眾多、動作的反復或持續進行，甚至還可以重疊人名以表示死者。相較之下，漢語中常見的複合法在南島語中所佔的比重不大。值得一提的是太平洋地區的「大洋語」中，有一種及物動詞與直接賓語結合的「動賓」複合過程，頗為普遍。例如斐濟語中 an-i a dalo 是'吃芋

頭'的意思，是一個動賓詞組，可以分析爲[[an-i][a dalo]]；
an-a dalo 也是'吃芋頭'，但卻是一個動賓複合詞，必須
分析爲[an-a-dalo]。動賓詞組和動賓複合詞的結構不同。
動賓詞組中動詞 an-i 的及物後綴-i 和賓語前的格位標記 a
都保持的很完整，體現一般動詞組的標準形式；而動賓複
合詞卻直接以賓語替代了及物後綴，明顯的簡化了。

　　南島語句法上最重要的特徵是「焦點系統」的運作。
焦點系統是南島語獨有的句法特徵，保存這項特徵最完整
的，則屬台灣南島語。下面舉四個排灣語的句子來作說明。

1. q-əm-aɬup　　　　a mamazaŋiljan ta vavuy i gadu
   [打獵-em-打獵　a 頭目　　　　　ta 山豬　i 山上]
   '「頭目」在山上獵山豬'

2. qaɬup-ən na　　mamazaŋiljan a vavuy i gadu
   [打獵-en na　頭目　　　　　　a 山豬　i 山上]
   '頭目在山上獵的是「山豬」'

3. qa-qaɬup-an　　　　na　mamazaŋiljan ta vavuy a gadu
   [重疊-打獵-an　na　頭目　　　　　　ta 山豬　a 山上]
   '頭目獵山豬的（地方）是「山上」'

4. si-qaɬup　na　mamazaŋiljan ta　vavuy a vaɬuq
   [si-打獵　na　頭目　　　　　ta　山豬　a 長矛]
   '頭目獵山豬的（工具）是「長矛」'

　　這四個句子的意思都差不多，不過訊息的「焦點」不
同。各句的焦點，依次分別是：「主事者」的頭目、「受事

者」的山豬、「處所」的山上、和「工具」的長矛；四個
句子因此也就依次稱爲「主事焦點」句、「受事焦點」句、
「處所焦點」句、和「工具焦點（或稱指示焦點）」句。
讀者一定已經發現，當句子的焦點不同時，動詞「打獵」
的構詞形態也不同。歸納起來，動詞（表 0.2 用 V 表示
動詞的詞幹）的焦點變化就有表 0.2 那樣的規則：

表 0.2 排灣語動詞焦點變化

主 事 焦 點		V-əm-	
受 事 焦 點			V-ən
處 所 焦 點			V-an
工 具 焦 點	si-V		

　　除了表 0.2 的動詞曲折變化之外，句子當中作爲焦
點的名詞之前，都帶有一個引領主語的格位標記 a，顯示
這個焦點名詞就是這一句的主語。主事焦點句的主語就是
主事者本身，其他三種焦點句的主語都不是主事者；這個
時候主事者之前一律由表示領屬的格位標記 na 引領。由
於有這樣的分別，因此四種焦點句也可以進一步分成「主
事焦點」和「非主事焦點」兩類。照這樣看起來，「焦點
系統」的運作不但需要動詞作曲折變化，而且還牽涉到焦
點名詞與動詞變化之間的呼應，過程相當複雜。

　　以上所舉排灣語的例子，可以視爲「焦點系統」的代
表範例。許多南島語，尤其是台灣和菲律賓以外的南島語，
「焦點系統」都發生了或多或少的變化。有的甚至在類型

上都從四分的「焦點系統」轉變爲二分的「主動／被動系統」。這一點本章第三節還會說明。像台灣的魯凱語，就是一個沒有「焦點系統」的語言。

句法特徵上還可以注意的是「詞序」。漢語中「狗咬貓」、「貓咬狗」意思的不同，是由漢語的「詞序」固定爲「主語-動詞-賓語」所決定的。比較起來，南島語的詞序大多都是「動詞-主語-賓語」或「動詞-賓語-主語」，排灣語的四個句子可以作爲例證。由於動詞和主語之間有形態的呼應，不會弄錯，所以主語的位置或前或後，沒有什麼不同。但是動詞居前，則是大部分南島語的通例。

三、台灣南島語的地位

台灣南島語是無比珍貴的，許多早期的南島語的特徵，只有在台灣南島語當中才看得到。這裡就音韻、句法各舉一個例子。

首先請比較表 0.1 當中三種南島語的同源詞。我們會發現有兩點值得注意。第一，斐濟語每一個詞都以元音收尾。排灣語、塔加洛語所有的輔音尾，斐濟語都丟掉了。其實塔加洛語也因爲個別輔音的弱化，如*q>ʔ、ø 或是*s>ʔ、ø，也簡省或丟失了一些輔音尾。但是排灣語的輔音尾卻保持的很完整。第二，塔加洛語、斐濟語的輔音比排

灣語爲少。許多原始南島語中不同的輔音,排灣語仍保留區別,但是塔加洛語、斐濟語卻混而不分了。我們挑選「*c:*t」、「*ĺ:*n」兩組對比製成表 0.3 來觀察,就可以看到塔加洛語和斐濟語把原始南島語的*c、*t 混合爲 t,把*ĺ、*n 混合爲 n。

表 0.3 原始南島語*c、*t 的反映

原始南島語	排灣語	塔加洛語	斐濟語	表 0.1 中的同源詞例
*c	c	t	t	8 '咬'、17 '眼睛'
*t	t́	t	t	12 '甘蔗'、 14 '指'
*ĺ	ĺ	n	(n,字尾丟失)	11 '雨'
*n	n	n	n	3 '湖'、7 '吃'

我們認爲,這兩點正可以說明台灣南島語要比台灣以外的南島語來得古老。因爲原來沒有輔音尾的音節怎麼可能生出各種不同的輔音尾?原來沒有分別的 t 和 n 怎麼可能分裂出 c 和 ĺ?條件是什麼?假如我們找不出合理的條件解釋生出和分裂的由簡入繁的道理,那麼就必須承認:輔音尾、以及「*c:*t」、「*ĺ:*n」的區別,是原始南島語固有的,台灣以外的南島語將之合併、簡化了。

其次再從焦點系統的演化來看台灣南島語在句法上的存古特性。太平洋的斐濟語有一個句法上的特點,就是及物動詞要加後綴,並且還分「近指」、「遠指」。近指後綴是-i,如果主事者是第三人稱單數則是-a。遠指後綴是-aki,早期形式是*aken。何以及物動詞要加後綴,是一個有趣

的問題。

　　馬來語在形式上分別一個動詞的「主動」和「被動」。主動加前綴 meN-，被動加前綴 di-。meN-中大寫的 N，代表與詞幹第一個輔音位置相同的鼻音。同時不分主動、被動，如果所接的賓語具有「處所」的格位，動詞詞幹要加-i 後綴；如果所接的賓語具有「工具」的格位，動詞詞幹要加-kan 後綴。何以會有這些形式上的分別，也頗令人玩味。

　　菲律賓的薩馬力諾語沒有動詞詞幹上明顯的主動和被動的分別，但是如果賓語帶有「受事」、「處所」、「工具」的格位，在被動式中動詞就要分別接上-a、-i、和-ʔi 的後綴，在主動式中則不必。為什麼被動式要加後綴而主動式不必、又為什麼後綴的分別恰好是這三種格位，也都值得一再追問。

　　斐濟、馬來、薩馬力諾都沒有焦點系統的「動詞曲折」與「格位呼應」。但是如果把它們上述的表現方式和排灣語的焦點系統擺在一起—也就是表 0.4—來看，這些表現法的來龍去脈也就一目瞭然。

表 0.4 焦點系統的演化

焦點類型	動詞詞綴	格 位 標 記				薩馬力諾語		馬來語		斐濟語
						主動	被動	主動	被動	主動
		主格	受格	處所格	工具格					
主事焦點	-əm-	a	ta	i	ta	-ø		meN-		-ø
受事焦點	-ən	na	a	i	ta	直接被動 -a			di-	
處所焦點	-an	na	ta	a	ta	處所被動 -i		及物 -i	及物 -i	及物近指 -i/-a
工具焦點	si-	na	ta	i	a	工具被動 -ʔi		及物 -kan	及物 -kan	及物遠指 -aki (<*aken)

孤立地看，薩馬力諾語為什麼要區別三種「被動」，很難理解。但是上文曾經指出：排灣語的四種焦點句原可分成「主事焦點」和「非主事焦點」兩類，「非主事焦點」包含「受事」、「處所」、「工具」三種焦點句。兩相比較，我們立刻發現：薩馬力諾語的三種「被動」，正好對應排灣語的三種「非主事焦點」；三種「被動」的後綴與排灣語格位標記的淵源關係也呼之欲出。馬來語一個動詞有不同的主動前綴和被動前綴，因此是比薩馬力諾語更能明顯表

現主動／被動的語法範疇的語言。很顯然，馬來語的及物後綴與薩馬力諾語被動句的後綴有相近的來源。斐濟語在「焦點」或「主動／被動」的形式上，無疑是大為簡化了；格位標記的功能也發生了轉變。但是疆界雖泯，遺跡猶存。斐濟語一定是在薩馬力諾語、馬來語的基礎上繼續演化的結果；她的及物動詞所以要加後綴、以及所加恰好不是其他的形式，實在其來有自。

表 0.4 反映的演化方向，一定是：「焦點」＞「主動／被動」＞「及物／不及物」。因為許多語法特徵只能因併繁而趨簡，卻無法反其道無中生有。這個道理，在上文談音韻現象時已經說明過了。因此「焦點系統」是南島語的早期特徵。台灣南島語之具有「焦點系統」，是一種語言學上的「存古」，顯示台灣南島語之古老。

由於台灣南島語保存了早期南島語的特徵，她在整個南島語中地位的重要，也就不言可喻。事實上幾乎所有的南島語學者都同意：台灣南島語在南島語的族譜排行上，位置最高，最接近始祖──也就是「原始南島語」。有爭議的只是：台灣的南島語言究竟整個是一個分支，還是應該分成幾個平行的分支。主張台灣的南島語言整個是一個分支的，可以稱為「台灣語假說」。這個假說認為，所有在台灣的南島語言都是來自一個相同的祖先：「原始台灣語」。原始台灣語與菲律賓、馬來、印尼等語言又來自同一個「原始西部語」。原始西部語，則是原始南島語的兩

大分支之一；在這以東的太平洋地區的語言，則是另一分支。這個假說，並沒有正確的表現出台灣南島語的存古特質，同時也過分簡單地認定台灣南島語只有一個來源。

替語言族譜排序，語言學家稱爲「分群」。分群最重要的標準，是有沒有語言上的「創新」。一群有共同創新的語言，來自一個共同的祖先，形成一個家族中的分支；反之則否。我們在上文屢次提到台灣南島語的特質，乃是「存古」，而非創新。在另一方面，「台灣語假說」所提出的證據，如「*ś或*h 音換位」或一些同源詞，不是反被證明爲台灣以外語言的創新，就是存有爭議。因此「台灣語假說」是否能夠成立，深受學者質疑。

現在我們逐漸了解到，台灣地區的原住民社會，並不是一次移民就形成的。台灣的南島語言也有不同的時間層次。但是由於共處一地的時間已經很長，彼此的接觸也不可避免的形成了一些共通的相似處。當然，這種因接觸而產生的共通點，性質上是和語言發生學上的共同創新完全不同的。

比較謹慎的看法認爲：台灣地區的南島語，本來就屬不同的分支，各自都來自原始南島語；反而是台灣以外的南島語都有上文所舉的音韻或句法上各種「簡化」的創新，應該合成一支。台灣地區的南島語，最少應該分成「泰雅群」、「鄒群」、「排灣群」三支，而台灣以外的一大支則稱爲「馬玻語支」。依據這種主張所畫出來的南島語的族譜，

就是圖 1。

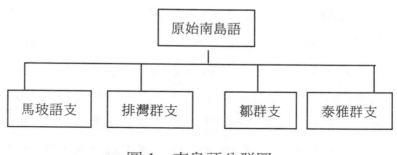

圖 1　南島語分群圖

　　與語族分支密切相關的一項課題，就是原始語言的復原。在台灣南島語的存古特質沒有被充分理解之前，原始南島語的復原，只能利用簡化後的語言的資料，其結果之缺乏解釋力可想而知。由於台灣南島語在保存早期特徵上的關鍵地位，利用台灣南島語建構出來的原始南島語的面貌，可信度就高的多。

　　我們認為：原始南島語是一個具有類似上文所介紹的「焦點系統」的語言，她有 i、u、ə、a 四個元音，和表 0.5 中的那些輔音。她的成詞形態，以及可復原的同源詞有表 0.6 中的那些。

表 0.5 原始南島語的輔音

		雙唇	舌尖	捲舌	舌面	舌根	小舌/喉
塞音	清	p	t	ṭ	t̂	k	q
	濁	b	d	ḍ	d̂		
塞擦音	清		c				
	濁		j				
擦音	清		s		ś	x	h
	濁		z		ź		ɦ
鼻音					ń	ŋ	
邊音			l		ĺ		
顫音			r				
滑音		w			y		

表 0.6 原始南島語同源詞

	語　義	原始南島語	原始泰雅群語	原始排灣語	原始鄒群語
1	above 上面	*babaw	*babaw	*vavaw	*-vavawu
2	alive 活的	*qujip		*pa-quzip	*-ʔ₂učípi
3*	ashes 灰	*qabu	*qabu-liq	*qavu	* (ʔ₂avuʔ₄u)
4**	back 背，背後	*likuj		*likuz	* (liku[cřč])
5	bamboo 竹子	*qaug		*qau	*ʔ₁aúru
6*	bark, skin 皮	*kulic		*kulic	*kulíci
7*	bite 咬	*kagac	*k-um-agac	*k-əm-ac	*k₁-um-áracə

8*	blood 血	*daga[]	*dagaʔ	*ɗaq	*cáráʔ₁ə
9*	bone 骨頭	*cuqəlaʔ		*cuqəlaʔ	*cuʔúlałə
10	bow 弓	*buʈug	*buhug		*vusúru
11*	breast 乳房	*zuzuh	*nunuh	*tutu	*θuθu
12**	child 小孩	*aʔak		*aʔak	*-ałákə
13	dark, dim 暗	*jəmjəm		*zəmzəm	*čəməčəmə
14	die, kill 死, 殺	*macay		*macay *pa-pacay	*macáyi *pacáyi
15**	dig 挖	*kaliɦi	*kariʔ	*k-əm-ali	*ˊkaliɦii
16	dove, pigeon 鴿子	*punay		*punay	*punáyi
17*	ear 耳朵	*caliŋaɦi	*caŋiraʔ	*caljŋa	*calíŋaɦia
18*	eat 吃	*kan	*kan	*k-əm-an	*k₁-um-ánə
19	eel 河鰻	*tuʔa	*tula-qig	*tuʔa	
20	eight 八	*walu		*alu (不規則，應 爲 valu)	*wálu
21	elbow 手肘	*śikuɦi	*hikuʔ	*siku	
22	excrement 糞	*ʈaqi	*qutiʔ	*caqi	*táʔ₃i
23*	eye 眼睛	*maca		*maca	*macá
24	face, forehead 臉,額頭	*daqis	*daqis	*ɗaqis	
25	fly 蒼蠅	*laŋaw	*raŋaw	*la-laŋaw	
26	farm, field 田	*qumaɦi		*quma	*ʔ₂úmáɦia
27**	father 父親	*amaɦi		*k-ama	*ámaɦia

28*	fire 火	*śapuy	*hapuy	*sapuy	*apúžu
29**	five 五	*lima	*rimaʔ	*lima	*líma
30**	flow, adrift 漂流	*qańud	*qaluic	*sə-qałuđ	*-ʔ$_2$añúču
31**	four 四	*səpat	*səpat	*səpaɬ	*Sópátə
32	gall 膽	*qapəđu		*qapədu	*paʔ$_1$azu
33*	give 給	*bəgay	*bəgay	*pa-vai	
34	heat 的	*jaŋjaŋ		*zaŋzaŋ	*čaŋəčaŋə
35*	horn 角	*təquŋ		*təquŋ	*suʔ$_1$úŋu
36	house 子	*gumaq		*umaq	*rumáʔ$_1$ə
37	how many 多少	*pidafi	*piǵaʔ	*pida	*píafia
38*	I 我	*(a)ku	*-akuʔ	*ku-	*ːaku
39	lay mats 鋪蓆子	*sapag	*s-m-apag		*S-um-áparə
40	leak 漏	*tujiq	*tuduq	*ɬ-əm-uzuq	*tučúʔ$_{234}$
41**	left 左	*wiri[]	*ʔiril	*ka-viri	*wírífii
42*	liver 肝	*qacay		*qacay	*ʔ$_{14}$acayi
43*	(head)louse 頭蝨	*kucufi	*kucuʔ	*kucu	*kúcúfiu
44	moan, chirp 低吟	*jagiŋ		*z-əm-aiŋ	*-čaríŋi
45*	moon 月亮	*bulał	*bural		*vuláłə
46	mortar 臼	*łutuŋ	*luhuŋ		*łusuŋu
47**	mother 母親	*-inafi		*k-ina	*inafia
48*	name 名字	*ŋađan		*ŋadan	*ŋázánə
49	needle 針	*dagum	*dagum	*đaum	
50*	new 新的	*baqufi		*vaqu-an	*vaʔ$_2$órufiu

51	nine 九	*siwa		*siva	*θiwa
52*	one 一	*-ta		*ita	*cáni
53	pandanus 露兜樹	*paŋudáń	*paŋdan	*paŋudaɬ	
54	peck 啄,喙	*tuktuk	*[ʔg]-um-atuk	*t-əm-uktuk	*-tukútúku
55*	person 人	*caw		*cawcaw	*cáw
56	pestle 杵	*qasəlufi	*qasəruʔ	*qasəlu	
57	point to 指	*tuduq	*tuduq	*t-aɬ-uđuq-an	
58*	rain 雨	*qudaɬ		*quđaɬ	*ʔ₂účaɬə
59	rat 田鼠	*labaw		*ku-lavaw	*laváwu
60	rattan 藤	*quay	*quway	*quway	*ʔ₃úáyi
61	raw 生的	*mataq	*mataq	*mataq	*mátaʔ₁ə
62	rice 稻	*pađay	*paɣay	*paday	*pázáyi
63	(husked) rice 米	*bugaɬ	*buwax	*vat	* (vərasə)
64*	road 路	*dalan	*daran	*đalan	*čalánə
65	roast 烤	*culufi		*c-əm-ulu	*-cúɬufiu
66**	rope 繩子	*talis		*calis	*talíSi
67	seaward 面海的	*lafiuj		*i-lauz	*-láfiúcu
68*	see 看	*kita	*kitaʔ		*-kíta
69	seek 尋找	*kigim		*k-əm-im	*k-um-írimi
70	seven 七	*pitu	*ma-pituʔ	*pitu	*pítu
71**	sew 縫	*taqiś	*c-um-aqis	*c-əm-aqis	*t-um-áʔ₃iθi
72	shoot, arrow 射,箭	*panaq		*panaq	*-pánáʔ₂ə

73	six 六	*unəm		*unəm	*ənə́mə
74	sprout,gro 發芽,生長	*cəbuq		*c-əm-uvuq	*c-um-ə́vərə (不規則,應爲 c-um-ə́və?ə)
75	stomach 胃	*bicuka		*vicuka	*civúka
76*	stone 石頭	*batufi	*batu-nux (-?<-fi因接-nux 而省去)		*vátufiu
77	sugarcane 甘蔗	*təvus		*təvus	*tə́vəSə
78*	swim 游	*laŋuy	*l-um-aŋuy	*l-əm-aŋuy	*-laŋúžu
79	taboo 禁忌	*palisi		*palisi	*palíθI-ã (不規則,應 爲 palíSi-ã)
80**	thin 薄的	*liśipis	*hlipis		*łípisi
81*	this 這個	*(i)nifi	*ni		*inifiu
82*	thou 你	*su	*?isu?	*su-	*Su
83	thread 線,穿線	*ciśug	*l-um-uhug	*c-əm-usu	*-cúuru
84**	three 三	*təlu	*təru?	*təlu	*túlu
85*	tree 樹	*kaśuy	*kahuy	*kasiw	*káiwu
86*	two 二	*ḍusa	*dusa?	*ḍusa	*řúSa
87	vein 筋,血管	*fiagac	*?ugac	*ruac	*fiurácə
88*	vomit 嘔吐	*mutaq	*mutaq	*muṭaq	
89	wait 等	*taga[gfi]	*t-um-aga?		*t-um-átara

90**	wash 洗	*sinaw		*s-əm-ənaw	*-Sináwu
91*	water 水	*jalum		*zalum	*čałúmu
92*	we (inclusive)咱們	*ita	*ʔitaʔ		* (-ita)
93	weave 編織	*tinun	*t-um-inun	*t-əm-ənun	
94	weep 哭泣	*ṭaŋit	*laŋis, ŋilis	*c-əm-aŋit	*t-um-áŋisi
95	yawn 打呵欠	*-suab	*ma-suwab	*mə-suaw	

　　對於這裡所列的同源詞，我們願意再作兩點補充說明。第一，從內容上看，這些同源詞大體涵蓋了一個初民社會的各個方面，符合自然和常用的原則。各詞編號之後帶'*'號的，屬於語言學家界定的一百基本詞彙；帶'**'號的，屬兩百基本詞彙。帶'*'號的，有32個，帶'**'號的，有15個，總共是47個，佔了95同源詞的一半；可以說明這一點。進一步觀察這95個詞，我們可以看到「竹子、甘蔗、藤、露兜樹」等植物，「田鼠、河鰻、蒼蠅」等動物，有「稻、米、田、杵臼」等與稻作有關的文化，有「針、線、編織、鋪蓆子」等與紡織有關的器具與活動，有「弓、箭」可以禦敵行獵，有「一」到「九」的完整的數詞用以計數，並且有「面海」這樣的方位詞。但是另一方面，這裡沒有巨獸、喬木、舟船、颱風、地震、火山和魚類的名字。這些同源詞所反映出來的生態環境和文化特徵，在解答南島族起源地的問題上，無疑會提供相當大的助益。

　　第二，從數量上觀察，泰雅、排灣、鄒三群共有詞一

共 34 個，超過三分之一，肯定了三群的緊密關係。在剩下的61個兩群共有詞之中，排灣群與鄒群共有詞為39個；而排灣群與泰雅群共有詞為 12 個，鄒群與泰雅群共有詞為 10 個。這說明了三者之中，排灣群與鄒群比較接近，而泰雅群的獨立發展歷史比較長。

四、台灣南島語的分群

在以往的文獻之中，我們常將台灣原住民中的泰雅、布農、鄒、沙阿魯阿、卡那卡那富、魯凱、排灣、卑南、阿美和蘭嶼的達悟（雅美）等族稱為「高山族」，噶瑪蘭、凱達格蘭、道卡斯、賽夏、邵、巴則海、貓霧棟、巴玻拉、洪雅、西拉雅等族稱為「平埔族」。雖然用了地理上的名詞，這種分類的依據，其實是「漢化」的深淺。漢化深的是平埔族，淺的是高山族。「高山」、「平埔」之分並沒有語言學上的意義。唯一可說的是，平埔族由於漢化深，她們的語言也消失的快。大部分的平埔族語言，現在已經沒有人會說了。台灣南島語言的分布，請參看地圖二（附於本章參考書目後）。

不過本章所提的「台灣南島語」，也只是一個籠統的說法，而且地理學的含意大過語言學。那是因為到目前為止，我們還找不出一種語言學的特徵是所有台灣地區的南

島語共有的，尤其是創新的特徵。即使就存古而論，第三節所舉的音韻和句法的特徵，就不乏若干例外。常見的情形是：某些語言共有一些存古或創新，另一些則共有其他的存古或創新，而且彼此常常交錯；依據不同的創新，可以串成結果互異的語言群。這種現象顯示：（一）台灣南島語不屬於一個單一的語群；（二）台灣的南島語彼此接觸、影響的程度很深；（三）根據「分歧地即起源地」的理論，台灣可能就是南島語的「原鄉」所在。

要是拿台灣南島語和「馬玻語支」來比較，我們倒可以立刻辨認出兩條極重要的音韻創新。這兩條音韻創新，就是第三節提到的原始南島語「*c：*t」、「*l：*n」在馬玻語支中的分別合併為「t」和「n」。從馬玻語言的普遍反映推論，這種合併可以用「*c＞*t」和「*l＞*n」的規律形式來表示。

拿這兩條演變規律來衡量台灣南島語，我們發現確實也有一些語言，如布農、噶瑪蘭、阿美、西拉雅，發生過同樣的變化；而且這種變化還有很明顯的蘊涵關係：即凡合併*n與*l的語言，也必定合併*t與*c。這種蘊涵關係，幫助我們確定兩種規律在同一群語言（布農、噶瑪蘭）中產生影響的先後。我們因此可以區別兩種演變階段：

表 0.7 兩種音韻創新的演變階段

階段	規律	影 響 語 言
I	*c＞*t	布農、噶瑪蘭、阿美、西拉雅
II	*l＞*n	布農、噶瑪蘭

其中*c＞*t 之先於*l＞*n，理由至爲明顯。因爲不這樣解釋的話，阿美、西拉雅也將出現*l＞*n 的痕跡，而這是與事實不符的。

　　由於原始南島語「*c：*t」、「*l：*n」的分別的獨特性，它們的合併所引起的結構改變，可以作爲分群創新的第一條標準。我們因此可將布農、噶瑪蘭、阿美、西拉雅爲一群，她們都有過*c＞*t 的變化。在布農、噶瑪蘭、阿美、西拉雅這群之中，布農、噶瑪蘭又發生了*l＞*n 的創新，而又自成一個新群。台灣以外的南島語都經歷過這兩階段的變化，也應當源自這個新群。

　　原始南島語中三類舌尖濁塞音、濁塞擦音*d、*ḍ、*j（包括*z）的區別，在大部分的馬玻語支語言中，也都起了變化，因此也一定是值得回過頭來觀察台灣南島語的參考標準。台灣南島語對這些音的或分或合，差異很大。歸納起來，有五種類型：

表 0.8 原始南島語中舌尖濁塞音、濁塞擦音之五種演變類型

類型	規律	影響語言
I	*d≠*ḏ≠*j	排灣、魯凱(霧台方言、茂林方言)、道卡斯、貓霧棟、巴玻拉
II	*d = *ḏ = *j	鄒、卡那卡那富、魯凱(萬山方言)、噶瑪蘭、邵
III	*ḏ = *j	沙阿魯阿、布農(郡社方言)、阿美(磯崎方言)
IV	*d = *j	卑南
V	*d = *ḏ	泰雅、賽夏、巴則海、布農(卓社方言)、阿美(台東方言)

　　這一組變化持續的時間可能很長，理由是一些相同語言的不同方言有不同類型的演變。假如這些演變發生在這些語言的早期，其所造成的結構上的差異，必然已經產生許多連帶的影響，使方言早已分化成不同的語言。像布農的兩種方言、阿美的兩種方言，至今並不覺得彼此不可互通，可見影響僅及於結構之淺層。道卡斯、貓霧棟、巴玻拉、洪雅、西拉雅等語的情形亦然。這些平埔族的語料記錄於 1930、1940 年代。雖然各有變異，受訪者均以同一語名相舉認，等於承認彼此可以互通。就上述這些語言而論，這一組變化發生的年代必定相當晚。同時由於各方言所採規律類型不同，似乎也顯示這些變化並非衍自內部單一的來源，而是不同外來因素個別影響的結果。

　　類型 II 蘊涵了類型 III、IV、V，就規律史的角度而言，年代最晚。歷史語言學的經驗也告訴我們，最大程度

的類的合併，往往反映了最大程度的語言的接觸與融合。
因此類型 III、IV、V 應當是這一組演變的最初三種原型，
而類型 II 則是在三種原型流佈之後的新融合。三種原型
孰先孰後，已不易考究。不過運用規律史的方法，三種舌
尖濁塞音、塞擦音的演變，可分成三個階段：

表 0.9 舌尖濁塞音、濁塞擦音演變之三個階段

階段	規律	影響語言
I	*d≠ *ɖ≠ *j	排灣、魯凱(霧台方言、茂林方言)、道卡斯、貓霧棟、巴玻拉
II	3. *ɖ= *j	沙阿魯阿、布農(郡社方言)、阿美(磯崎方言)
	4. *d = *j	卑南
	5. *d = *ɖ	泰雅、賽夏、巴則海、布農(卓社方言)、阿美(台東方言)
III	2. *d = *ɖ= *j	鄒、卡那卡那富、魯凱(萬山方言)、噶瑪蘭、邵

不同的語言，甚至相同語言的不同方言，經歷的階
段並不一樣。有的仍保留三分，處在第一階段；有的已推
進到第三階段。第一階段只是存古，第三階段為接觸的結
果，都不足以論斷語言的親疏。能作為分群的創新依據的，
只有第二階段的三種規律。不過這三種規律的分群效力，
卻並不適用於布農和阿美。因為布農和阿美進入這一階段
很晚，晚於各自成為獨立語言之後。

運用相同的方法對台灣南島語的其他音韻演變作過

類似的分析之後，可以得出圖二這樣的分群結果：

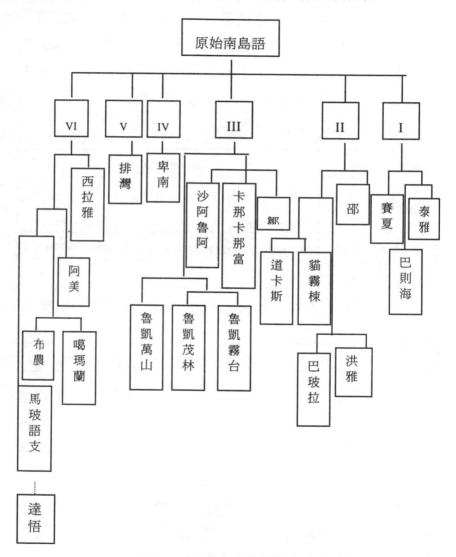

圖二 台灣南島語分群圖

　　圖二比圖一的分群更為具體，顯示學者們對台灣南島語的認識日漸深入。不過仍有許多問題尚未解決。首先是六群之間是否還有合併的可能，其次是定為一群的次群之間的層序關係是否需要再作調整。因為有這些問題還沒有解決，圖二仍然只是一個暫時性的主張，也因此我們不對六群命名，以為將來的修正，預作保留。

五、小結

　　台灣原住民所說的，是來自一個分布廣大的語言家族中最為古老的語言。這些語言，無論在語言的演化史上、或在語言的類型學上，都是無比的珍貴。但是這些語言的處境，卻和台灣許多珍貴的物種一樣，正在快速的消失之中。我們應該為不知珍惜這些可寶貴的資產，而感到羞慚。如果了解到維持物種多樣性的重要，我們就同樣不能坐視語言生態的日漸凋敝。這一系列書的作者們，在各自負責的專書裡，對台灣南島語的語言現象，作了充分而詳盡的描述。如果他們的努力和熱忱，能夠引起大家的重視和投入，那麼作為台灣語言生態重建的一小步，終將積跬致遠，芳華載途。請讓我們一同期待。

六、叢書導論之參考書目

何大安

　　1999　《南島語概論》。待刊稿。

李壬癸

　　1997a　《台灣南島民族的族群與遷徙》。台北：常民
　　　　　　文化公司。

　　1997b　《台灣平埔族的歷史與互動》。台北：常民文
　　　　　　化公司。

Blust, Robert (白樂思)

　　1977　The Proto-Austronesian pronouns and
　　　　　Austronesian subgrouping: a preliminary report.
　　　　　Working Papers in Linguistics 9.2: 1-15.
　　　　　Honolulu: University of Hawaii.

Li, Paul Jen-kuei (李壬癸)

　　1981　Reconstruction of Proto-Atayalic phonology.
　　　　　Bulletin of the Institute of History and Philology
　　　　　52.2: 235-301.

　　1995　Formosan vs. non-Formosan features in some
　　　　　Austronesian languages in Taiwan. In Paul Jen-
　　　　　kuei Li, Cheng-hwa Tsang, Ying-kuei Huang,
　　　　　Dah-an Ho, and Chiu-yu Tseng (eds.)
　　　　　Austronesian Studies Relating to Taiwan, pp.

651-682. Symposium Series of the Institute of History and Philology Academia Sinica No. 3. Taipei: Academia Sinica.

Tsuchida, Shigeru (土田滋)

1976　Reconstruction of Proto-Tsouic Phonology. *Study of Languages & Cultures of Asia & Africa Monograph Series* No. 5. Tokyo: Gaikokugo Daigaku.

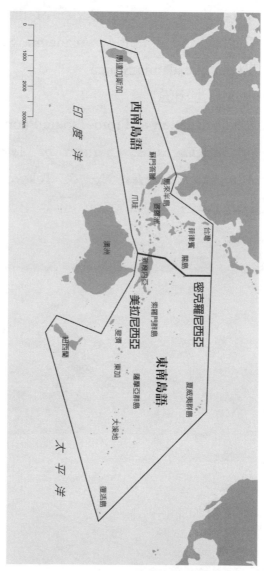

地圖 1　南島語族的地理分布

來源：*The New Encyclopaedia Britannica*（1992）第22冊755頁（重繪）

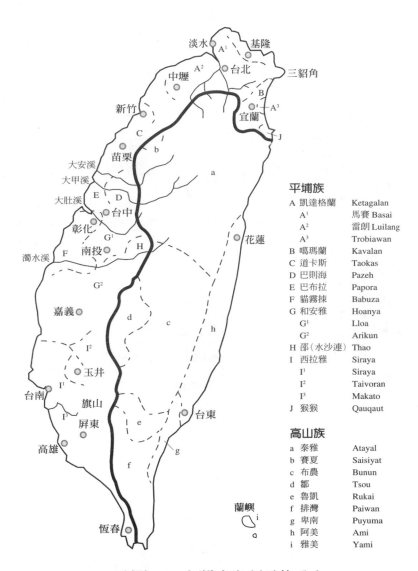

平埔族

A	凱達格蘭	Ketagalan
A¹		馬賽 Basai
A²		雷朗 Luilang
A³		Trobiawan
B	噶瑪蘭	Kavalan
C	道卡斯	Taokas
D	巴則海	Pazeh
E	巴布拉	Papora
F	貓霧捒	Babuza
G	和安雅	Hoanya
G¹		Lloa
G²		Arikun
H	邵（水沙連）	Thao
I	西拉雅	Siraya
I¹		Siraya
I²		Taivoran
I³		Makato
J	猴猴	Qauqaut

高山族

a	泰雅	Atayal
b	賽夏	Saisiyat
c	布農	Bunun
d	鄒	Tsou
e	魯凱	Rukai
f	排灣	Paiwan
g	卑南	Puyuma
h	阿美	Ami
i	雅美	Yami

地圖 2 台灣南島語言的分布

來源：李壬癸（1996）

附件

南島語言中英文對照表

【中文】	【英文】
大洋語	Oceanic languages
巴則海語	Pazeh
巴玻拉語	Papora
加本語	Jabem
卡那卡那富語	Kanakanavu
古戴	Kuthi 或 Kutai
布農語	Bunun
多羅摩	Taruma
西拉雅語	Siraya
沙阿魯阿語	Saaroa
卑南語	Puyuma
邵語	Thao
阿美語	Amis
南島語族	Austronesian language family
洪雅語	Hoanya

【中文】	【英文】
原始台灣語	Proto-Formosan
原始西部語	Proto-Hesperonesian
原始泰雅群語	Proto-Atayal
原始排灣語	Proto-Paiwan
原始鄒群語	Proto-Tsou
泰雅群支	Atayalic subgroup
泰雅語	Atayal
馬來語	Malay
馬玻語支	Malayo-Polynesian subgroup
排灣群支	Paiwanic subgroup
排灣語	Paiwan
凱達格蘭語	Ketagalan
斐濟語	Fiji
猴猴語	Qauqaut
跋羅婆	Pallawa
塔加洛語	Tagalog
道卡斯語	Taokas
達悟(雅美)語	Yami
鄒群支	Tsouic subgroup
鄒語	Tsou
魯凱語	Rukai

【中文】	【英文】
噶瑪蘭語	Kavalan
貓霧栜語	Babuza
賽夏語	Saisiyat
薩馬力諾語	Samareno

第 *1* 章
導論

　　賽夏族分佈於北臺灣新竹縣五指山區的五峰鄉（大隘村及花園村）與北埔鄉（內坪村與大坪）以及苗栗縣加里山區的南庄鄉（東河、蓬萊、南江、西村、獅山）與獅潭鄉（百壽村），人口總數約七千[1]，是台灣原住民中人數較少的一族。

　　有關其族群定位，自日據時代，學者即有所爭議[2]。就語言而論，學者對於其分群亦有所分歧，中央研究院語言所李壬癸教授認為賽夏語屬於平埔大西北支[3]，戴恩（Dyen 1965:287）以詞彙統計學上的證據將台灣南島語言分為泰雅、鄒與排灣三大群，賽夏與巴則海同屬大排灣群裡的一個支群。而美國學者帥德樂（Stanley Starosta 1995: 683-726）則認為賽夏語與泰雅語群屬同

---

[1] 根據行政院原住民委員會，台灣地區原住民人口數統計表（民國八十六年度）。

[2] 相關的資料，請參考胡家瑜（1996）與陳淑萍（1998）。

[3] 詳參李壬癸（1997a）《台灣南島民族的族群與遷徙》，頁 126 至 127、李壬癸（1997b）《台灣平埔族的歷史與互動》，頁 56 至 57。

一分支。

　　依照地理分佈，賽夏語可分南北兩大方言：南方言分佈於苗栗縣內，以東河為中心，稱為東河方言，因居住地區為客家人所環繞，受客家文化影響；北方言分佈於新竹縣，以大隘為中心，稱為大隘方言，該地族人與泰雅族混居，因此受其影響，許多人日常所講的為泰雅語。兩方言的句法上沒有顯著的差異，主要差異在語音及詞彙方面[4]。本書的內容是以筆者一九八八年至一九九七年期間，對兩個方言所作的田野調查為基礎而發展出來的，在此要感謝下列諸位賽夏發音人於對本報告所提供的語料和許多協助。

　　錢火榮：賽夏名為 'obay，民國三十三年生於新竹
　　　　　　縣五峰鄉，會國語及一點日語
　　趙山河：賽夏名為 'obay，民國二十八年生於新竹
　　　　　　縣五峰鄉，會國語、客、日語
　　夏玉嬌：賽夏名為 'away，民國元年生於南庄東河，
　　　　　　會國語及一點日語、客語
　　章三妹：賽夏名為 'a'aw，民國三十五年生於東河，
　　　　　　嫁到獅潭，會國語
　　豆鼎發：民國三十三年生於苗栗縣獅潭鄉，會國語

---

[4] 有關兩方言語音上之差異，李壬癸教授一九七八年所著的"A comparative Vocabulary of Saisiyat Dialects"〈賽夏語比較詞彙〉一文中有詳盡的介紹，有興趣的讀者請參考該文 135 至 138 頁。

錢火榮先生是筆者的第一個賽夏語老師，一九八八年筆者在清大語言所修李壬癸老師的田野調查方法時，他擔任我們的發音人，一九九〇年筆者纂寫碩士論文期間，亦曾多次麻煩錢先生。夏玉嬌女士是筆者寫作論文時主要訪查的對象，她是位非常慈祥的老太太，也是一個很難得的受訪者，常會主動提供我珍貴的語料。章三妹女士與豆頂發先生是筆者獅潭鄉的受訪者，他們都很熱心地願意在百忙中幫助我。趙山河先生，人稱「趙爸爸」，是個非常熱心的長者，他對於文化工作非常關心，總是能不厭其煩的與我分享賽夏語的種種。

有關賽夏語方面的研究，較早的有小川尚義與淺井上惠（1935）所著《台灣高砂族傳說集》，書中有簡要的語法介紹與故事，趙榮琅（1957）與日本學者土田茲（Tsuchida）教授（1964）對語音作了初步的介紹，李壬癸教授（1978a）一文中有賽夏語格位系統的討論，（1978b）則提供了南北兩方言豐富的詞彙資料以及語音簡介。另外，美國學者帥德樂（Stanley Starosta）在其（1974）有關台灣南島語言使動結構的論文中亦有賽夏語的討論。最近幾年則有筆者（1990）的碩士論文《賽夏語結構》以及之後發表的幾篇短文，李壬癸教授（1993）的《賽夏族矮人祭歌詞重探》與（1996）的《台灣南島民族關於矮人的傳說》亦有關賽夏族矮人的傳說，而溫知新神父（1995）的《賽夏族語言教材》詳盡

介紹了賽夏語的語音，並附有錄音帶。

　　本書以下各章的內容如下：第二章介紹賽夏語的音韻，包含發音介紹、語音規則以及音節結構；第三章介紹賽夏語的構詞特色；第四章介紹句法，第五、第六章為長篇語料及基本詞彙；第七章則列出相關的參考書目。

　　最後，筆者要特別在此表達對中央研究院語言所李壬癸教授與師大英語系黃美金教授兩人的敬意與謝意。李壬癸教授是我的論文指導老師，我接觸賽夏語是由在清大語言所修李教授的田野調查課開始的。黃美金教授是叢書出版計畫的發起人，在整個出版的過程中，她任勞任怨的處理許多繁瑣工作，推動整個計畫的進行，沒有她的努力，整個出版計畫恐怕無法完成。另外，還要感謝溫知新神父與叢書其他作者在本書的寫作過程中，提出指正與建議。

第 *2* 章
賽夏語的音韻結構

　　研究一個語言的音韻系統時，第一步要做的就是確定這個語言具有幾個音位（phoneme）。所謂音位，就是具有語意區辨功能（distinctive function）的音。比如國語的雙唇清塞音區分爲送氣的ㄅ（國際音標符號爲 p）和不送氣的ㄆ（國際音標符號爲 p^h），兩者具有區辨語意的功能（試比較「白」ㄅㄞˊ跟「排」ㄆㄞˊ），因此屬於不同的音位。反之，英語的雙唇清塞音一般讀爲送氣音的 $[p^h]$，例如 pie $[p^h aɪ]^5$、reply $[rɪp^hláɪ]$ 與 sleep $[slip^h]$，而在 /s/ 之後則讀爲不送氣的 /p/，如 speak $[spik]$ ，所以送氣的 $[p^h]$ 與不送氣的 $[p]$ 在英語呈互補分佈（complementary distribution），亦即 /s/ 之後讀爲不送氣的 $[p]$，而其他情況讀爲送氣音 $[p^h]$；兩者不具區辨語意的功能（試比較 sp^hik 與 spik），因此 $[p^h]$ 與 $[p]$ 在英語爲同一個音位的兩個音位變體或同

---

5 方括弧 [ ]中記的爲實際的發音，語言學上稱爲 phonetic description (語音標音法)，斜括弧 / / 中的發音爲根據語音系統所記之 phonemic description (音位標音法)。

位音（allophones）。決定兩個音是否為同一音位的不同
音位變體必須符合以下幾點條件：（一）兩個音發音方
式接近，（二）兩者不具區辨語意的功能，（三）兩者的
分佈可以預測。

　　音位的概念可能就是從事語言學領域的田野工作者
與其他領域的工作者的一大不同點，兩個聽起來不太一
樣的音[6]，語言學家可能因為這兩個音符合了上述同位
音的特質而將之視為一個音位，以同一個符號代替。比
如賽夏語的前高元音 /i/，這個音在鄰近喉音 /h/ 或 /'/
時，會讀為舌頭位置較低一點的 [e] 或 [ɪ]，例如 /baki'/
「爺爺」讀成 [bake'] 或 [bakɪ']，如果讀 [baki'] 人家
會覺得你講的不標準，可是卻不會變成另一個意思。因
此我們以 /i/ 來表示這個音，以音韻規則來預測或說明
/i/ 在鄰近喉音 /h/或 /'/ 時，會讀為 [e] 或 [ɪ]，這樣
處理不僅符合經濟原則，亦可以透過規則掌握音與音之
間的關係。

　　當然，音位的區分也不見得永遠都是一致而沒有爭
議性的。以賽夏語為例，前低元音 /æ/ 與前央元音 /a/
讀音上的差別不大，而且 /æ/ 多在鄰近喉音 /h/或 /'/
的情況下出現，似乎應視為同一個音位。但是，我們卻
發現在一兩個列子中，/æ/ 與 /a/ 有區辨語意的功能，

---

[6]其實嚴格而言，就算是同一個音，同一個發音人，每次發音也有極為細微
　的不同，不可能完全一樣的。

如：/tata'/爲「小米」，而/tætæ'/爲「咀嚼」之意。因此筆者遵循土田滋教授（1964）與李壬癸教授（1978）的處理方式，將之處理爲兩個音位。

接下來要討論的是賽夏語的塞音 /s/ 與 /S/，賽夏語的 /s/ 精確一點說應爲齒擦音[7]，而發 /S/ 時舌頭的位置也較英語的 /S/ 或國語的 /ㄒ/ 往前。兩者在聽覺上不易區分，需注意發音人的嘴形始能得出其差異。但是在 /kawas/ "筋" 與 /kawaS/ "天" 這組字中，兩個音具有區辨語意的功能，因此應該記成兩個音。筆者於一九九七年三月間曾隨同土田滋教授前往新竹縣五峰鄉調查這兩個音的區別情形，回程中土田滋教授指出這兩個音的區分似乎已逐漸模糊。筆者閱讀新竹縣政府所出版之《賽夏語讀本》後亦發現，讀本中讀爲 /S/ 的字只有 So-o "你" 一個字，其他本來讀爲 /S/ 的字如 /Saybo ʃi:/ "六"、/Səpat/ "四"等字中的 /S/，在該書都記爲 /s/。

根據上述的原則，筆者將賽夏語的語音分析爲有十七個輔音，六個元音，接下來我們將以語音的發聲特質爲出發點，來介紹賽夏語的語音系統。

---

[7]這個音在苗栗縣南庄鄉的東河方言有時讀爲齒間擦音，如同英語的/θ/。

一、語音系統

輔音

　　語音的發聲特質分元音與輔音而由不同的方向來討論。輔音的發聲大多是藉由發聲器官如舌頭等阻擋氣流而成，因此談輔音的發聲通常會涉及的是（一）發聲的方式，亦即氣流是如何阻擋的：是完全阻塞然後突然爆破而出（稱塞音或爆破音）？或是摩擦而出（摩擦音）？還是先阻塞後摩擦（塞擦音）？（二）發音部位：氣流阻塞或摩擦而出的部位在那裡？是嘴唇（唇音）呢？還是牙齒（齒音）？或者是喉頭（喉音）？另外一個與輔音發音有關的特質是（三）聲帶的振動與否，若聲帶振動則稱爲濁輔音，如英語的 /b/；若否則稱爲清輔音，如英語的 /p/。

　　賽夏語的十七個輔音可用下表中的國際音標符號表示，括弧中所列乃本書爲打字及讀者閱讀之便，因而採用讀者比較熟悉的替代符號[8]。以下表列其發音方法及發音部位，並說明其發音細則於後[9]：

---

[8] 本書的記音原則上採用李壬癸教授（1992）編著的《台灣南島語言的語音符號系統》一書中的語音符號。有關代用符號之選用，請參考該書第 44 至 46 頁及葉（1997b）之說明。

[9] 此處的說明採自《番族慣習調查報告書》第三卷賽夏族一書中葉美利、趙山河所撰的＜賽夏語復原說明＞。

表 2.1 賽夏語的輔音

發音方法 ＼ 發音部位		唇音	舌尖	齦顎	舌根	喉音
塞音		p	t		k	ʔ(')
鼻音		m	n		ŋ(ng)	
擦音	清		s	ʃ(S)		h
	濁	β (b)	z			
邊音			l	ɭ(L)		
顫音				r̃(r)		
滑音		w		y		

1、塞音

    a. /p、t、k/ 與國語的 /ㄅ、ㄉ、ㄍ/ 相同，為非送氣的無聲塞音，如 /pazay/「稻米」、/taw'an/「家」、/katesnenan/「出入口」。

    b. /ʔ/ (')為喉塞音，發音時喉頭阻擋住氣流，如 /'aehae'/「一」。

2、鼻音

    /m、n、ŋ (ng)/ 的發音方法同英語的/m、n、ŋ/，如：/maykaSpat/「八」、/ratan/「傳統上衣」、/korkoring/「小孩」。唯英語的 /ŋ/ 不出現在字首，而賽夏語的 /ŋ/ 可以出現在字首，發音方式同客家話 /ŋay/「我」的第一個音，如 /ngepen/「牙齒」。

3、擦音

a. /s/ 為無聲齒擦音，發音時舌尖抵住上排牙齒後方，位置較發英語的 /s/ 往前，如 /<u>s</u>omay/「熊」。這個音在東河方言有些人讀為齒間擦音，如英語的 /θ/。

b. /ʃ/ (S)為齦顎部位的摩擦音，發音時舌頭停在牙齦後方，約為發國語 /ㄒ/ 的位置，讓氣流從舌頭與齦顎間的空隙摩擦而出，如 /<u>S</u>il<u>S</u>il/「占卜鳥」。須注意的是，發英文的 /ʃ/ 時，嘴唇呈圓形，而發賽夏語的 /ʃ/ 時，嘴唇為扁形，呈自然微笑貌。就是因為這樣，賽夏語的 /ʃ/ 聽起來和無聲齒擦音 /s/ 很相近，不易區分；兩者的區分在於 /s/ 較靠近牙齒。我們發現這兩個音的區分已逐漸模糊，有些時候發音人這兩個音的區分已經沒有了。

c. /h/ 為喉擦音，發音時讓氣流輕輕地由喉頭摩擦而出，如 /<u>h</u>a<u>h</u>ila:/「日」。

d. /β/ (b) 為雙唇擦音，發音方式接近英語的唇齒擦音 /v/，但是牙齒不咬住下唇，雙唇微開，使氣流由其間的空隙摩擦而出，如 /<u>b</u>a<u>b</u>oy/「豬」。

e. /z/ 與 /s/ 一樣為齒擦音，但是發 /z/ 時聲帶要振動，同英語的 /z/，如：/kay<u>z</u>aeh/「好」。這個音在東河方言有些人讀為齒間擦音，如同英語的 [ð]。

4、邊音

a. /l/ 與英語的 /l/ 及國語的 /ㄌ/ 相同,發音時
以舌尖抵住牙齦,然後讓氣流由兩旁流出,因
此稱爲邊音,如 /kaehlek/「小圓鍬」。然而,
英語的 /l/ 會因出現的位置不同而有不同的發
音方式,而賽夏語的 /l/ 無論在什麼位置發音
方式都相同。試比較英語的 table /tebl/「桌子」
與 light /laɪt/「光」兩字中的 /l/:當我們發 /laɪt/
的 /l/ 音時,舌尖抵住牙齦,氣流由兩旁流出;
而發 table 的 /l/ 音時,舌身會弓起,形成一
個凹陷,舌尖並未觸碰到牙齦,因爲音質較濁,
所以稱爲暗 /l/ (dark /l/)。反之,賽夏語的
/langpez/「十」與 /takil/「藤背籠」兩個詞彙中
的 /l/,發音發法均同於英語 light 中的 /l/。

b. /l̡/ (L) 爲閃音,發音時以舌頭快速拍一下齦顎部
位,如 /mapaLas/「一種可治療牙痛的樹葉」。
這個音現在在東河方言已經沒有了,而大隘方言
只有少數人在某些詞彙中(如 /Leklaw/「豹」)
還保留著。閃音的丟失造成元音變長。此外,某
些字首的閃音丟失之後,不僅元音變長,前面還
會形成一個「順當的成阻」(smooth onset),有時
聽起來像是喉擦音 /h/,如 /Laseb/「五」閃音丟
失之後有時讀爲 [a:seb],有時讀爲 [ha:seb]。

5、顫音

/ř/ (r) 同英語的 /r/ 一樣是捲舌音，但是發英語的 /r/ 音時，舌頭不觸碰到齦顎，而賽夏語的 /r/ 為顫音，舌頭要觸碰到齦顎部位，且要快速連拍，如 /rokol/「芋頭」。需注意的是，夾在元音中的顫音舌頭拍動較明顯，而詞尾的 /r/ 通常沒有顫音。此外，此音也存在個別差異，有些人發的是很明顯的顫音，有些則否。

6、滑音

a. /w/ 為圓唇音，發音方式同英語的 /w/，如 /walo'/「蜂蜜」。/w/ 常跟在元音 /a/ 之後形成一個像英語 /au/ 一樣的雙元音，讀起來像國語的 /ㄠ/，如 /parakaw/「柴刀」。

b. /y/ 為硬顎部位的滑音，發音方式同英語的 /y/，如 /tawyah/「護胸布」。另外，/y/ 常跟在元音/a/之後形成一個像英語 /aɪ/一樣的雙元音，如 /somay/「熊」。/ay/ 與 /a:i/ 的區別在於前者只有一個音節，讀起來像是英語的 /aɪ/ 或是國語的 /ㄞ/，如 /masay/「死」；而 /a:i/ 有兩個音節，讀起來如同國語的/ㄚ一/，如 /ba:i'/「風」。

以下為含有這些音的字詞：

表 2.2 賽夏語的輔音分佈

輔音	字首		字中		字尾	
p	pazay	稻	tatpo'	帽子	'ae'rep	眉
t	tata:a'	雞	tatroe'	食指	'etot	屁
k	kowa'	胃	talka:	桌子	nonak	自己
'	'arap	疤	Si'Si'	米	kahma'	舌
m	masa'	眼	romiS	鬍子	ralom	水
n	nani'	膿	binke:	毛皮	waren	頸
ng	ngepen	牙齒	pongaw	白髮	sa:eng	坐
b	bato'	石頭	borbor	口琴	a:seb	五
s	somay	熊	silsil	中指	kawas	筋
z	zizik	蟋蟀	'azem	心	ba:oz	鴿子
S	Siba:i'	蛇	kaSlar	喉	kawaS	天
h	hipih	蟑螂	'aehae'	一	katoeh	上衣
l	lilom	南瓜	hahila:	日	wasal	海
r	rayhil	錢	karhib	山洞	latar	外面
w	walo'	糖	'awpir	地瓜	ngyaw	貓
y	yaba'	爸爸	moyo	你們	kahoey	樹

元音

　　與元音的發音描述最有直接關係的是舌頭的位置及唇形，所以元音的描述常由（一）舌位的高低，如 /i/ 為高元音，/a/ 為低元音。（二）舌位的前後，如 /i/ 為前元音，/o/ 為後元音。（三）唇形的圓扁，例如發國語

的/ㄩ/ 時，雙唇呈圓形，/一/ 則為扁形。賽夏語有六個元音，其發音時舌位的高低前後，以及其發音細則如下所示：

表 2.3 賽夏語的元音

	前	央	後
高	i		
中	œ (oe)	ə (e)	o
低	æ (ae)	a	

1、前元音

　　a. /i/ 為高元音，發音同國語的 /一/；在鄰近喉音時常讀為前中元音 [e]。如 /sawki'/ [sawke'] 「鐮刀」。

　　b. /œ/(oe)為中元音，發音時舌頭的位置接近國語的 /ㄟ/，但唇形是圓的；此音大多與喉音 /'、h/ 相鄰出現，如 /'oemah/「旱田」。

　　c. /æ/(ae)為低元音，發音時舌頭往下向牙齦部位伸展，比 /a/ 的位置往前且低一點，但卻不像發英語的 /æ/ 那麼低，如 /i:nohaes/「窗」。這個音與央低元音 /a/ 很難分辨，且通常在鄰近喉音 /'、h/ 的情況下出現，因此趙榮琅（1957）將兩個音視為同一個音位。然而，正如李壬癸教授（1978）的調查指出，這兩個音在某些詞彙中有區辨語意的作用，如 /tata'/為「小米」，而

/taetae'/ 為「咀嚼」之意。因此，我們仍視兩者
為不同的音。

2、央元音

a. /ə/(e)為中元音，發音方式與國語的 /ㄜ/ 或英語
的 /ə/ 一樣。須注意的是，英語的 /ə/ 不 出現
在重音節，而賽夏語的 /ə/ 可出現在重音節，
如 /rara'em/「背籠」中的 /e/ 即出現在重音所
在的最後一個音節。

b. /a/ 為低元音，發音方式同國語的 /ㄚ/，如 /malat/
「刀」。

3、後元音

/o/ 為中元音，發音同國語的 /ㄛ/；在鄰近唇音（如
/m、b、p、w/）、邊音 /l/ 或舌根音 /k、ŋ/ 時，常
讀為高元音[u]，如 /habon/ [habun]「鬼靈」。

4、長元音

/:/ 在本書中代表長元音，長元音在賽夏語很常見，
從語言的歷史演變來看，大部分的長元音是因閃音
/l/丟失而變長的，語言學上稱這種現象為「補償加
長」(compensatory lengthening)。另外，長元音亦
見於強調語氣中。在賽夏語欲加強語氣時，會將該
字最後一個音節的元音加長，並將語調提高。如
/kano'o:/「什麼呀？」。

5、重音

一般而言，賽夏語的重音在最後一個音節；但有些
虛詞或地名重音不落在最後一個音節，如 /'a'ówi'/
「地方名」的重音落在倒數第二音節上。

以下爲含有這些音的字詞：

表 2.4 賽夏語的元音分佈

元音	字首		字中		字尾	
i	i:ma'	手	waliSan	山豬	kalari:	瓢瓜
o	osong	猴子	rakolo'	烏龜	'oesizo:	蛋
oe			ta'oeloeh	頭	ra'oe:	喝
e	e:klaw	豹	tozek	屁股	sasepe:	螞蟻
ae	ae:'hae'	九	hinhae'	一樣	kabkabaehae:	鳥
a	a:seb	五	banban	山棕	kahka:	竹雞

二、音韻規則

一個語音會因爲出現的環境不同而在發音上略有不
同，若這種不同可以由出現的環境來預測，而不會造成
語意上的差異，我們在音韻系統上就會把這兩個音視爲
同一個音位的變體，並以音韻規則來預測實際的發音。
以下介紹賽夏語的音韻規則。

1、塞音/p、t、k/一般爲不送氣音。但若與擦音/h/ 連續出現時，會合併爲送氣音。

規律：{p, t, k} → { p^h , t^h , k^h }/ _ {+, #}h[10]

例如：hikhikil [hik^{h}ikil] 指頭

Sombet hisia [Sombet^{h}isia] 打他

2、前高元音/i/在鄰喉音時常會讀爲[ɪ]或[e]。

規律：i → {ɪ, e}/_{', h}

例如：tapolih[tapoleh]黑螞蟻

sawki' [sawke']鐮刀

3、非重音節的/o/在鄰唇音或舌根音時，有時可讀爲高元音[u]。

規律：o → u / {p, m, b, w, k, ng}

例如：pongaw[pungaw]白頭髮

SayboSi:[SaybuSi:]六

4、賽夏語實詞的重音在最後一個音節，可以用下列的音韻規則來預測。

規律：V → V[+stress] / _ (C)#

例如：tawkil[tawkíl]背籃

---

[10] 傳統將語境（語音產生變化的環境或條件）寫在"/"之後。在 hikhikil 這個例子中，塞音送氣發生在相鄰的詞素間，因此我們以 "+"表詞素間的界限 (morpheme boundary) ；而在 Sombet hisia 中，塞音送氣發生在相鄰的字之間，"#"表字的界限(word boundary)。

5、元音 o 與 i 因閃音流失而與另一元音相臨時,有時
中間會產生一個滑音 w 或 y。

規律:ø → w / o_V

ø → y / i_V

例如:po:a'[powa']一種百步蛇的名稱

bo:ay[boway]水果

ngo:ip[ngowip]忘記

pinati:ay[pinatiyay] 水田

bahi:an[bahiyan]地名

三、音位轉換

賽夏語富含許多詞綴,一個詞加上詞綴有時候會產
生語音的變化,形成音位轉換的情形。 以下簡介幾種
常見的音位轉換。

1、塞音與 /m/ 之轉換:以 /p、k、'/ 起首的動詞加
上主事焦點標誌 m- 之 後[11], /p、k、'/會被刪略,
形成 /p、k、'/ 與 /m/ 之轉換。

規律:{p, k, '} → ø / m + _

例如:pasay　　masay　　死

karma'　　marma'　　偷

'alas　　malas　　拿走

2、-om- 與-oem- 之轉換：表主事焦點的中綴 -om-在鄰喉音的情況下讀爲 -oem-。

規律：om → oem / {h, '} _

例如：hangih + -om- → [hoemangih] 哭

'alop + -om- → ['oemalop] 打獵

3、元音同化：受事焦點動詞以詞綴 –en 標示，如果動詞的最後一個音節的元音爲非低元音，央元音 /e/ 會完全與此一元音同化。

規律：en ---> Vn / VC + _, V={o, oe, i }

例如：tobok+en → [tobokon] 殺

ra'oe:+en → [ra'oe:oen] 喝

mari'+en → [mari'in] 拿

4、元音刪略：元音 /e/ 在加入某些詞綴如 ka, -om- 或 -in- 之後，會因音節結構重組而刪略。

規律：e → ø / _CV(C)

例如：Sepat　　　　四

kaSepat[kaSpat]　四十

Sebet　　　　打

Somebet[Sombet]　打(主事焦點)

Sinebet[Sinbet]　打(受事焦點)

---

[11] 有關焦點的說明請參考第四章第四節。

四、音節結構

　　賽夏語最常見的兩種音節結構為 CV 與 CVC（其中 C 代表輔音，V 代表元音），元音少單獨形成一個音節，所以一個詞加上詞綴後，常會引起音節重整，如 /'alop/「打獵」的音節結構為 'a·lop（我們以“·”來區隔兩個音節），加上詞綴形成/'alopan/「獵區」之後，音節結構會重整為'a·lo·pan，/'alop/ 的最後一個音 /p/ 與後綴 -an 形成一個音節。若詞彙以半元音 y 結尾，則半元音會同時與下一個詞或詞最的第一個元音連讀，例子如下：

baboy 豬　　　kanobaboyan [kawnobaboy·yan] 豬圈

aehor 下游　　kapayaehor [kapay·yahoer] 腳環

此外，這種趨向形成 CV 或 CVC 的音節結構亦會引發連音現象的產生，比如說，出現在片語中的連語 /a/，因為是由單一元音形成的，所以會與前一個詞的最後一個音連讀，如 /noka habon a hapoy/「鬼火」中的 /a/ 會與/habon/ 的 /n/ 連讀，讀成 [noka habon na hapoy][12]。

---

[12] 其他例子還有：　baba:ok ila [baba: okila] 吃飽了
　　　　　　　　　　　ray taw'an ay [ray taw'an nay] 在家嗎

第 *3* 章

賽夏語的詞彙結構

　　賽夏語的詞彙可依其構詞方法分成單純詞、複合詞、衍生詞、重疊詞四大類。以下逐一介紹：

一、單純詞

單純詞由詞幹單獨構成，沒有經過任何衍生過程。單純詞依構成的音節分成單音節單純詞和多音節單純詞。單音節單純詞多是虛詞，如：

ray	處所格標記	ka	主、受格標記
ni	屬格標記	ma:	也

實詞多為多音節。如：

korkoring	小孩	masa'	眼睛
minkoringan	女人	ngabas	嘴巴

二、複合詞

複合詞例如漢語的「頭+痛」、英語的 "head+ache"等是
由單純詞加在一起而形成的。賽夏語用複合方式形成的
詞彙並不多，以下是筆者蒐集到的幾個例子：

'aehae'	一	+	halapaw	床	→	夫妻
'aehae'	一	+	rina:anan	路	→	出草團體
sineme:	租	+	ralom	水	→	水租
banban	棕樹	+	boway	果實	→	檳榔

許多詞彙的結構，格位標記仍然保留著，看起來較像是
片語，如[13]：

haleb	橋	noka	屬格	habon	靈魂	→	彩虹
masay	死	ka	主格	hahila:	日	→	日蝕
masay	死	ka	主格	'ilaS	月	→	月蝕
manakiS	爬坡	ka	主格	'ilaS	月	→	上弦月

三、衍生詞

衍生詞是由單純詞加詞綴產生的，如漢語的「美-化」、
英語的 "beaut-ify"。有的詞綴加在字首，稱為前綴，

---

[13] 這些例子出自《番族慣習調查報告書第三卷：賽夏族》一書中。

有的加在字中，稱爲中綴，加在字尾的則稱爲後綴。賽
夏語的前綴最多，孳生力也最強，後綴常搭配前綴一起
使用。以下介紹幾個常見的詞綴：

前綴

1. ka- 加在動詞詞根前，會使動詞轉變成名詞，表示與
　　該動作相關的名詞。如：

ka-ko:as	ka-梳	梳子
ka-tintin	ka-秤	秤子
ka-bo:bo:	ka-搧	扇子
ka-hebo'	ka-小便	尿

　　例句：

yako　noka　**kako:as**　k-om-o:as　　ka　bokeS
[我　屬格　梳子　　梳-主事焦點　受格　頭髮]
‘我用梳子梳頭。’

2. ka- 加在表時間的詞彙前，表示過去的時間，如：

ka-'ino'an	ka-何時(非過去)	何時(過去)
ka-'isa'an	ka-等會兒	稍早；剛才
ka-ro:hanan	ka-晚上	昨晚

　　例句：

ni　　　baki'　**ka'ino'an**　　　p-in-atol
[屬格　爺爺　剛才　　　　　唱-受事焦點
　ka　　paSta'ay　noka　　patol
　受格　矮靈祭　屬格　　歌]

‘爺爺剛才唱了一首矮靈祭祭歌。’

3. kama- 加在動詞之前表示「...者」。如：

kama-'omalop	kama-打獵	獵人
kama-matawaw	kama-工作	工人
kama-kiSka:at	kama-讀書	學生
kama-tortoroe'	kama-教	老師
kama-marma'	kama-拿	小偷
kama-kaS'abo'	kama-入內	妻子
kama-mangra:an	kama-走	男人

例句：

tatini' **kama'omalop** kakhayra'an
[老人　獵人　　　　　　以前]
‘老人以前是獵人。’

4. makak- 加在動詞前表「互相」。如：

makak-sekela'	makak-知道	認識
makak-si'ael	makak-吃	通婚
makak-Si:ae'	makak-高興	一起玩

例句：

yami **makaksekela'** roSa' tinal'omaeh ila
[我們　認識　　　　兩　　年　　　　了]
‘我們認識兩年了。’

5. ki- 加在名詞前表「採集、摘、拔」。如：

ki-pazay	ki-稻	割稻
ki-boway	ki-水果	摘水果
ki-ka'niw	ki-香菇	採香菇

ki-tepen	ki-木耳	採木耳
ki-kiso'	ki-蝨子	抓蝨子
ki-ngepen	ki-牙齒	拔牙

例句：

So'o　'am　'ino'an　**ki-pazay**

[你　將　何時　割稻]

'你何時要割稻？'

6. pa- 加在名詞前表「吃」。如：

pa-pazay	pa-飯	吃飯
pa-'alaw	pa-魚	吃魚
pa-tawmo'	pa-香蕉	吃香蕉
pa-'inpetel	pa-草	吃草

例句：

korkoiring　'okay　**pa-pazay**　nanaw

[小孩　否定　吃飯　就是]

'小孩不肯吃飯。'

7. pa- 加在動詞前表「使動」。如：

pa-karbun	pa-倒	弄倒
pa-si'ael	pa-吃	餵
pa-pasay	pa-死	弄死
pa-'oSa'	pa-去	叫某人去

例句：

ba:i'　**pa-karbun** ila　ka　kahoey

[風　使-倒　了　受格　樹]

'風把樹吹倒了。'

8. kapay- 表「經過」，通常與後綴 -an 連用，表地點。

kapay-hila:-an	kapay-日-an	東方(日出之處)
kapay-ramo'-an	kapay-血-an	血管
kapay-kahbo'-an	kapay-尿-an	尿道
kapay-hima:-an	kapay-手-an	手環

9. tasa- 加在動詞前，表「替某人做某事」。如：

tasa-talek	tasa-煮	替某人煮
tasa-patawa:o'	tasa-工作	替某人工作
tasa-ki:im	tasa-找	替某人找

例句：

yako **tasa-talek** 'iniSo ka pazay
[我-主格 替-煮 你-予格 受格 飯]
'我替你煮飯。'

中綴

賽夏語有兩個中綴，一個是主事焦點符號 -om-，一個是表完成的 -in-，皆加在動詞的第一個輔音和其緊鄰的元音之間。許多名詞加上 -om- 之後就變成動詞。如：

t-om-aw'an	家	+ -om-	蓋房子
'-om-omom	霧	+ -om-	起霧
t-om-opes	痰	+ -om-	吐痰
h-om-aSab	口水	+ -om-	流口水

最常用來構成詞彙的中綴為 -in-，表與動詞相關的名詞，常是動作所產生的結果或成品。如：

k-in-aat	寫字	+ -in-	書；信
'-in-omaS	醃(肉、菜)	+ -in-	醃肉；醬菜
t-in-awbon	搗糯米	+ -in-	糯米糕
t-in-alek	煮	+ -in-	燒酒

例句：

sia　hayza'　ka　**kina:at**
[他　有　　受格　書]
'他有書。'

後綴

賽夏語最常用來衍生詞彙的後綴是處所焦點符號 -an，其次是受事焦點符號 -en，兩者大多搭配前綴一起使用，目前筆者所搜集的語料中，單獨用後綴來構成詞彙的情況不多，如[14]：

pa'omhael-an	一起-an	朋友
hila:-an	日出-an	白晝
waliS-an	尖牙-an	山豬

例句：

---

[14] 後綴-an 為處所焦點詞綴，然而這三個例子中的 -an 都不是表「處所」。

yako Si:ae' a tomalan m-wa:i'
[我 高興 連語 很 主事焦點-來
ka raleke: noka **pa'omhaelan** ma'an
受格 電話 屬格 朋友 我的]
'我很高興接到我朋友的電話。'

後綴最常搭配前綴 ka- 一起使用，如動詞加 -an 又加
ka- 表「...的處所」。如：

ka-patol-an	ka-唱歌-an	唱歌的地方
ka-si'ael-an	ka-吃-an	吃飯的地方；餐廳
ka-talek-an	ka-煮-an	廚房；灶
ka-patawaw-an	ka-工作-an	工廠
ka-sa:eng-an	ka-坐-an	椅子

例句：
ka-patol-an hini'
[ka-唱歌-處所焦點 這]
'這是唱歌的地方。'

動詞加 -en 表示以受事者爲主詞，類似英語的被動。
如：
korkoring noka minkoringan Sebet-en
[小孩 屬格 女人 打-受事焦點]
'小孩被女人打。'

動詞後面加 –en，前面再加前綴 ka-，表「要…的東西」。如：

ka-si'ael-en	ka-吃-en	食物
ka-ra'oe:-en	ka-喝-en	飲料
ka-i:ba:-en	ka-穿-en	衣服
ka-patol-en	ka-唱-en	歌曲

例句：

hini' 'an-baboy-a　　**ka-si'ael-en**
[這　豬-所有格　　ka-吃-受事焦點]
'這是豬吃的東西。'

須注意的是，後綴 -en 與中綴 -in- 都可以表與動詞有關的東西，但是後綴 -en 與 ka- 連用表「要…的東西」，而中綴 -in- 表「動作結果所產生的東西」。試比較：

ka-tawbon-on「要摏的東西」　t-in-awbon「糯米糕」
ka-talek-en 　「要煮的東西」　t-in-alek 　「燒酒」

四、重疊詞

賽夏語的重疊詞相當豐富，許多詞彙在構詞上具有重疊的特色。賽夏語的重疊詞可分為兩類，一類是詞彙本身在構詞上具有重疊的特色，然而非重疊形式的字根未必單獨存在，就像漢語的「綠油油」、「紅通通」等

一樣，雖然詞彙本身具有重疊的特徵，但卻沒有相對應的非重疊式「綠油」與、「紅通」。賽夏語屬於這類的重疊詞有：

'as'asay	熟	**sisi**yap	小雞
korkoring	小孩	**'al'al**ihan	近
remrem	常常	**kabkab**aehae:	小鳥
biSbiS	痛	**binbin**stan	酒瓶

　　另一類是字根單獨構成一個詞彙，而重疊後會產生新的含意，如 mangra:an 是「走路」，重疊之後表示「散步；走一走」。這種重疊詞的產生方式有以下三種：

1・第一個音節整個重疊：經由此方式重疊後所產生的詞彙，其語意依詞類不同而有不同。動詞重疊常會產生「互相」、「重複」等含意，如：

mangra:an	走	**mang**-mangra:an	散步；走一走
ra'oe:	喝	**ra**-ra'oe:	喝喜酒
kita'	看	**ki**-kita'	注意看；監視
'apis	夾	**'a**-'apis	互相搶著夾
panae'	射	**pa**-panae'	相射
haezaeb	刺	**haez**-haezab	相刺

例句：

lasia   pa-pana'
[他們 重疊-射]
'他們互相射。'

形容詞重疊則會有程度加強的作用，如：

Sinamohan 尖   **Sin**-Sinamohan   很尖
'ola'an   小   **'ol**-'ola'an   細小；很小

而名詞的重疊可產生「複數」及「微小」的含意。如：

Siba:i'   蛇   **Sib**Siba:i'   蟲
wasal   海   **was**wasal   小湖
toene'   池沼   **toe**toene'   小池
'aehael   兄弟姐妹   **'aeh**'aehael   親戚
boway   水果   **bo**boway   很多種水果

2 · 第一音節重疊，並搭配詞綴一起使用。這種類型的
重疊在賽夏語非常普遍，如：

kah-kahoey-**an**   kah-樹-an   樹林
'oes-'oesoe'-**an**   'oes-茅草-an   山
has-hasa'-**an**   has-不懂-an   笨
kay-kayzaeh-**an**   kay-好-an   和好
hin-hinhae'-**an**   hin-一樣-an   一半

rim-rim'an-**an**	rim-明天-an	早晨
ma-'az-'azem	ma-'az-心	想
min-nga-ngabas	min-nga-嘴	愛說話

3・動詞的第一個音節的輔音重疊，再加上元音 a，所得結果爲一個與該動詞語意相關的名詞，通常表「工具」。如[15]：

sa-sepeh	Ca-掃	掃把
ha-hoewal	Ca-耙	耙子
sa-soway	Ca-夾	夾子
ha-hiwa:	Ca-鋸	鋸子

例句：

korkoring　noka　sasepeh　s-om-apeh　　ka　　　rape:
[小孩　　屬格　掃把　　掃-主事焦點　受格　地]
'小孩用掃把掃地。'

---

[15] 有些經此程序重疊產生的字並不表示「工具」，如：

ha-hila:	Ca-日升	日
'a-'oral	Ca-下雨	雨

第 *4* 章
賽夏語的語法結構

一、詞序

詞序在許多語言的表達中扮演著重要的角色，比如國語我們說「我吃飯」大家都聽的懂，若說成「吃我飯」就沒人懂了。國語的詞序為主語-動詞-賓語，而大多數台灣原住民語言的詞序為動詞在句子的最前面，一般稱之為動詞居首語言。就詞序而言，賽夏語是台灣原住民語言中比較特殊的的，因為賽夏語的一般詞序和國語一樣是主語-動詞-賓語，如：

1a. mingkoringan S-om-bet   ka   korkoring
   [女人   打-主事焦點   受格   小孩]
   '女人打小孩。'

  b. korkoring h-om-angih   ila
   [小孩   哭-主事焦點   了]
   '小孩哭了。'

    c. sia   sarara' ka   'amana'a taw'an

    [他 喜歡   受格 我的   房子]

    '他喜歡我的房子。'

不過我們發現，有些句子，尤其是受訪者自然講出來的話，或者是動詞為不及物動詞的句子，以及長篇故事中的句子，常是以動詞起首的。如：

2a. kayzaeh   hini' korkoring

    [好   這 小孩]

    '這個小孩很乖。'

  b. m-pasay   ila hiza' Siba:i'

    [主事焦點-死 了   那   蛇]

    '那條蛇死了。'

另外，在早期日本學者所蒐集的語料中，如小川尚義與淺井上惠所著《台灣高砂族傳說集》中的故事中，我們可以找到動詞居首的句子。賽夏語之所以不是以動詞起首，很有可能是受漢語的影響。

    此外，我們發現，不同句子結構在賽夏語展現不同的詞序自由度；以主事者為主語的句子，其詞序比較固定，通常是主語＋動詞＋賓語，例如要表達「我吃飯」，如果以主事者「我」當主語，通常說成(3a)，(3b)-(3e)

都不通，而(f)則必須詮釋爲一個主題化的句子[16]。

3a. yako s-om-i'ael ka pazay
    [我-主格 吃-主事焦點 受格 飯]
    '我吃飯。'

  b. * yako ka pazay s-om-i'ael

  c. * s-om-i'ael yako ka pazay

  d. ??s-om-i'ael ka pazay yako

  e. * ka pazay s-om-i'ael yako

  f. ka pazay yako s-om-i'ael
    [受格 飯　　我　　吃-主事焦點]
    '飯，我有吃。'

反之，以受事者爲主語的句子，詞序則相當自由。所以
「我吃飯」如果以受事者「飯」爲主語，(4a)-(4f)六種
說法都可以：

4a. pazay ma'an si'ael-en
    [飯　我-屬格 吃-受事焦點]
    '飯被我吃了。'

  b. pazay si'aelen ma'an

  c. ma'an pazay si'ael-en

  d. ma'an si'ael-en pazay

  e. si'ael-en ma'an pazay

---

[16] 本書因循具法學上的傳統，以句子前的*號表示這個句子是不合語法的。

f. si'ael-en pazay ma'an

這種因結構之焦點不同而展現不同的詞序自由度特色，似乎與賽夏語的格位標記系統有關。在以主事者為主語的句子中。主格和受格可用同樣的格位標記來標示，所以有時無法從格位標記來區別主格和受格，因而必須藉由詞序來表示主語或賓語等語法關係。如例句(5)中的 'obay 和 'ataw 都用同一個標記 hi 來標示，我們只好藉由詞序來區分何者為主語何者為賓語：

5. **hi 'obay** S-om-bet   **hi 'ataw**
   ['obay   打-主事焦點   'ataw]
   '' 'obay 打 'ataw。'

而以受事者為焦點的句子中（如 6），受事者以主格標示，主事者以屬格標示，兩者不同，可以明確指出參與者的語法關係，因此詞序就顯得不那麼重要了。

6. **hi 'obay** S-om-bet   **ni 'ataw**
   ['obay   打-受事焦點   屬格 'ataw]
   '' 'obay 被 'ataw 打。'

二、格位標記系統

　　賽夏語名詞前通常會加上一個格位標記，來標示這個名詞在句子中所擔任的語法功能，就如德語的 die, der 或是日語的 o 或 ga。賽夏語有主格、受格、屬格、所有格、予格及處所格六組格位標記，這些格位標記又依標示普通名詞和人稱專有名詞而分為兩大類，表 4.1 為賽夏語的格位標記系統。[17]

表 4.1 賽夏語的格位標記系統

名　　　詞	主格	受格	屬格	所有格	予格	處所格
人稱專有名詞	ø hi	hi	ni	'an-a[18]	'ini	kan kala
普 通 名 詞	ø ka	ka	noka no	'an noka-a	no	ray

　　格位標記標示名詞組在句子中擔任的語法功能－主格標示主語，受格等其它格位標記標示非主語。如：

1a. ka　　　ngyaw 'okay saker ka 'awhaes
　　[主格 貓　　否定　追　　受格 老鼠]
　　'貓不追老鼠。'

---

[17] ø 表示零標記。
[18] 在東河方言有人讀爲'in-a。

b. ø   yaba'   S-om-bet   ka   korkoring
[主格 爸爸   打-主事焦點 受格 小孩]
'爸爸打小孩。'

2a. ø   'oya'   mang '-om-angang hi   baki'
[主格 媽媽   動貌 罵-主事焦點 受格 公公]
'媽媽在罵公公。'

b. ø   'oya'   mang '-om-angang ka   korkoring
[主格 媽媽   動貌 罵-主事焦點 受格 小孩]
'媽媽在罵小孩。'

受格、屬格、所有格、予格及處所格除了標示該名詞組
不是主語之外，還指出該名詞組所扮演的語意角色。如
受格標示的名詞組為動作的受事者、客體或者是終點，
如(3)：

3a. Siba:i' k-om-a:at   <u>ka   'ahoe'</u>受事者
[蛇   咬-主事焦點 受格 狗]
'蛇咬狗。'

b. yako 'am mobay <u>ka   rayhil</u>客體 <u>hi   baki'</u>終點
[我 要 給   受格 錢   受格 爺爺]
'我要給爺爺錢。'

所有格表示所有者，如(4)：

4a. hiza' **'an** **'iban a** tatpo'
　　[那　　所有格　'iban　帽子]
　　'那是'iban的帽子。'

　b. hiza' **'an noka korkoring a** tatpo'
　　[那　　所有格　　小孩　　　　　帽子]
　　'那是小孩的帽子。'

予格標示動詞比較周邊的論元，包括受惠者、受害者以及比較的對象。如：

5a. yako 'am t-om-alek **'ini 'oya'** ka pazay
　　[我　要　煮-主事焦點　予格　媽媽　受格　飯]
　　'我要煮飯給媽媽吃。'

　b. yako 'am t-om-alek **no korkoring**
　　[我　要　煮-主事焦點　予格　小孩
　　ka　　pazay
　　受格　飯]
　　'我要煮飯給小孩吃。'

　c. yako 'am ba:iw ka tatpo' 'aehae' **no korkoring**
　　[我　要　買　受格　帽子　一　　予格　小孩]
　　'我要買一頂帽子給小孩。'

6a. baki' mang bi'e: **'ini 'oya'**
　　[爺爺　進行貌　生氣　予格　媽媽]
　　'爺爺在生媽媽的氣。'

b. baki' mang bi'e: **no kokoring**
[爺爺 進行貌 生氣 予格 小孩]
'爺爺在生小孩的氣。'

7. hini' 'aehae' pongah minsalar **no hiza' 'aehae'**
[這 一 花 比 予格 那 一
kin 'ya-ngangilah
持續貌 紅]
'這一朵花比那朵花紅。'

處所格標示表處所（8）和來源（9）的名詞組，如：

8a. yaba' h-om-iwa: ka somay **ray ko:ko:ol**
[爸爸 殺-主事焦點 受格 熊 處所格 山]
'爸爸在山上殺了大熊。'

 b. korkoring kakoring **kan 'obay ray taw'an**
[小孩 打架 處所格 'obay 處所格 房子]
'小孩在 'obay家打架。'

9a. 'obay s-om-ibae:aeh **kala baki'** ka tatpo'
['obay 借-主事焦點 處所格 爺爺 受格 帽子]
''obay向爺爺借帽子。'

 b. yako s-om-ibae:aeh **ray korkoring** ka tatpo'
[我 借-主事焦點 處所格 小孩 受格 帽子]
'我向小孩借帽子。'

屬格所表示的語意角色較爲複雜,可以是所有者(10a),
也可以是主事者(10b)、經驗者(10c)或是工具(10d)。

10a. tatpo' **noka** **korkoring** ray talka:
　　[帽子　屬格　小孩　　　處所格　桌子]
　　'小孩的帽子在桌上。'

　b. pazay **noka** **korkoring** si'ael-en
　　[飯　屬格　小孩　　　吃-受事焦點]
　　'飯被小孩吃了。'

　c. sia ra:am-en **ni** **'obay**
　　[他　知道-受事焦點　屬格　'obay]
　　''obay 認識他。'

　d. yako **noka** **sasoway** s-om-i'ael ka pazay
　　[我　屬格　筷子　吃-主事焦點　受格　飯]
　　'我用筷子吃飯。'

就這點而言,主格跟屬格比較相近,主格標示的名詞組
可以是主事者(11a)、受事者(11b)、經驗者(11c)、
客體(11d)、工具(11e)、原因(11f)、處所(11g)
等。如:

11a. ø **yaba'** S-om-bet ka korkoring
　　[主格　爸爸　打-主事焦點　受格　小孩]
　　'爸爸打小孩。'

b. ø **korkoring** ni   yaba'   Sebet-en
   [主格 小孩   屬格   爸爸   打-受事焦點]
   '小孩被爸爸打了。'

c. ø **kapina:o'** sarara' ka   korkoring
   [主格 小姐   喜歡   受格   小孩]
   '小姐喜歡小孩。'

d. ø **kapina:o'** bali'
   [主格 小姐   瘦]
   '小姐很瘦。'

e. ø **kahoey** si-Sebet   ni   baki'
   [主格 木柴   工具焦點-打 屬格   爺爺
   ka   korkoring
   受格 小孩]
   '木柴被爺爺拿去打小孩。'

f. noka   korkoring ø   **kano'** si-hangih
   [屬格   小孩   主格   什麼   工具焦點-哭]
   '小孩爲什麼哭?'

g. ø **rarongang** nisia ka-'osa'-an   ka   bato'
   [主格 河   他   ka-丟-處所焦點 受格 石頭]
   '河是他丟石頭的地方。'

賽夏語的格位標記與語意角色之對應可以總結如下表:

表 4.2 賽夏語的格位標記與語意角色之對應

格位標記	所 標 示 名 詞 之 語 意 角 色
主格	主事者、經驗者、工具、受事者、客體、處所、原因
受格	受事者、客體
屬格	所有者、主事者、經驗者、工具
所有格	所有者
予格	受惠者
處所格	處所、來源

由此表我們可以看出，主格無法告訴我們主語這個參與者的語意角色，主語的語意角色是由動詞所帶的焦點詞綴來表示的，有關焦點的說明，請參考本章第四節的介紹。

三、代名詞系統

廣義的代名詞包括人稱代名詞、指示代名詞和疑問代名詞；狹義的代名詞則指人稱代名詞。這一節我們要討論人稱代名詞和指示代名詞，疑問代名詞留待第九節疑問句結構中討論。

人稱代名詞

賽夏語的人稱代名詞和其他台灣南島語的人稱代名

詞一樣，有人稱（如漢語的「你/我/他」）、數（如「你/你們」）和格位（如英語的 he/his）的區別，而沒有性別的區分（如英語的 he/she）。其中第一人稱複數更有包含與排除式（如漢語的「咱們/我們」）的不同。賽夏語和其它多數台灣南島語（如泰雅語和排灣語）有一點不同的是，賽夏語只有自由式，沒有附著式的人稱代名詞。賽夏語的人稱代名詞系統如下：

表 4.3 賽夏語的人稱代名詞系統

數	人 稱		主格	受格	屬格	予格	所有格[19]	處所格
單	一		yako[20]	yakin	ma'an	'iniman	'amana'a	kanman
	二		So'o	'iso'on	niSo	'iniSo	'anso'o'a	kanSo
數	三		sia	hisia[21]	nisia	'inisia	'ansiaa	kansia
複	一	包含	'ita'	'inimita	mita'	'inimita'	'anmita'a	kan'ita'
	一	排除	yami	'iniya'om	niya'om	'iniya'om	'anya'oma	kanyami
	二		moyo	'inimon	nimon	'inimon	'anmoyoa	kanmoyo
數	三		lasia	hilasia	nasia[22]	'inilasia	'anlasiaa	kanlasia

比較表 4.3 與前一小節中的表 4.2，我們會發現，人稱

---

[19] 所有格代名詞在東河方言讀爲'in...。

[20] 另一個形式爲 yao。

[21] 亦可說成'isia。

[22] 此一代名詞形應是由 ni-la-sia 先經過同化再又刪略相似音節而成的。其過程如下： ni-la-sia →na-la-sia→na-sia。

代名詞的格位區分和名詞的格位標記大致同形[23]，因此所標示的參與者的語意角色也大致相同，唯一的不同是因為人稱代名詞指人，所以不用來標示如工具等屬性為無生的角色。以下簡介每一個人稱代名詞的功能。

　　主格代名詞在句子中擔任主語，其語意角色可以是主事者、經驗者、受事者、客體等語意角色。

1a. sia_{主事者}　　S-om-bet　　　　'iniya'om
　　 [他-主格　打-主事焦點　　咱們-受格]
　　 '他打咱們。'

 b. sia_{經驗者}　　sarara'　ka　　ngyaw
　　 [他-主格　喜歡　　受格　貓]
　　 '他喜歡貓。'

 c. yami_{受事者}　　nisia　　Sebet-en
　　 [我們-主格　他-屬格　打-受事焦點]
　　 '我們被他打。'

 d. yako_{客體}　　kerpe:
　　 [我-主格　胖]
　　 '我很胖。'

受格代名詞之語意角色為受事者或終點：

---

[23] 第一人稱與第二人稱的受格、第一人稱的屬格例外。第一人稱和第二人稱的受格與予格同形。

2a. sia   S-om-bet   'inimita'受事者

[他-主格 打-主事焦點   咱們-受格]

'他打咱們。'

b. baki'   mobay   yakin終點   'aehae'   tatpo'

[爺爺   給   我-受格   一   帽子]

'爺爺給我一頂帽子。'

屬格代名詞標示領屬者、主事者、經驗者等語意角色:

3a. rayhil niSo領屬者   ray   talka'

[錢   你-屬格   在   桌子]

'你的錢在桌子上。'

b. rayhil nisia主事者   karma'-en

[錢   他-屬格   偷-受事焦點]

'錢被他偷走了。'

c. sia   ra:am-en   ma'an經驗者

[他-主格   知道-受事焦點   我-屬格]

'他認識我。'

所有格代名詞標示領屬者:

4a. hini'   'amana'a領屬者   taw'an

[這   我-所有格   房子]

'這是我的房子。'

b. tatpo'   ray   talka: 'okik 'amana'a領屬者

[帽子   處所格   桌子   否定   我-所有格]

'桌上的帽子不是我的。'

予格代名詞標示受惠者、受害者：

5a. yako　　'am　　h-om-awaeh　　'inisia_{受惠者}　ka　katesnenan
　　[我-主格　要　　開-主事焦點　他-予格　　受格　門]
　　'我來替他開門。'

　b. baki'　　mang　　bi'e:　　'iniman_{受害者}
　　[爺爺　動貌　　生氣　我-予格]
　　'爺爺在我的生氣。'

處所代名詞標示處所以及來源：

6a. sia　　　　kanyami_{處所}　　ray　taw'an　s-om-i'ael
　　[他-主格　我們-處所格　在　房子　　吃-主事焦點]
　　'他在我們家吃飯。'

　b. rayhil　'inaray　kanlasia_{處所}　　s-in-ibae:aeh
　　[錢　　　從　　　他們-處所格　借-受事焦點]
　　'錢是從他們那邊借來的。'

綜合以上的介紹，賽夏語的人稱代名詞與語意角色之對
應關係可以總結如下表：

表 4.4 賽夏語的人稱代名詞及其語意角色

人稱代名詞	語意角色（例句）
主格	主事者(1a)、經驗者(1b)、受事者(1c)、客體(1d)
受格	受事者(2a)、終點(2b)
屬格	所有者(3a)、主事者(3b)、經驗者(3c)
所有格	所有者(4)
予格	受惠者(5)
處所格	處所(6a)、來源(6b)

指示代名詞

賽夏語的指示代名詞分指「遠」的 hiza' 和指「近」的 hini' 兩組，如：

1a. hini'　'amana'a
　　[這　　我的]
　　'這是我的。'
 b. hiza'　'amana'a
　　[那　　我的]
　　'那是我的。'

其前可加上與普通名詞連用的格位標記，表示不同的語法功能。如加上受格標記表示賓語（2），加上屬格標記表領屬（3）。

2a. yako 'am roma'oe: ka hini'
　　[我　　要　　喝　　　受格　這]
　　'我要喝這個。'

　b. yako 'am roma'oe: ka hiza'
　　[我　　要　　喝　　　受格　那]
　　'我要喝這個。'

3a. 'a'ay noka hini' ming'otoeh ila
　　[腳　屬格　這　斷　　　　了]
　　'這個的腳斷了。'

　b. 'a'ay noka hini' ming'otoeh ila
　　[腳　屬格　那　斷　　　　了]
　　'那個的腳斷了。'

表地點的指示代名詞爲 rini' 與 riza'[24]：

4a. sia rini'
　　[他　這裡]
　　'他在這裡。'

　b. sia riza'
　　[他　那裡]
　　'他在那裡。'

---

[24] 這兩個指示代名詞應該是來自處所格格位標記 ray 加上 hini'與 hiza'。

四、焦點系統

在第二節我們提到，賽夏語主語的格位標記無法告訴我們參與者所扮演的語意角色，主語的語意角色是由動詞所帶的焦點標記來表示的；如 m- 或 -om- 表示主語是施行動作的主事者，如果主語是事件的經驗者或是事件所描述的客體，就用動詞前綴 ma- 或零標記來表示。賽夏語有四組焦點標記，分別是主事焦點標記、受事焦點標記、處所焦點標記與工具焦點標記，這四組標記又分為二，如表 4.5 所示，第一組的焦點標記出現在陳述句及否定詞 kayni' 與 'okik 之後，第二組出現在祈使句以及否定詞 'okay、'izi' 和 'in'ini'之後。

表 4.5 賽夏語的焦點系統

焦　　　　點	I	II
主　事　焦　點	m-, -om-, ma-, ø	ø
受　事　焦　點	-en	-i
處　所　焦　點	-an	
工　具　焦　點	si-	-ani

動詞帶主事焦點標誌的句子，主語可能是主事者、經驗者或是客體。如果主事焦點標誌為 -om- 或 m-，則主語多半是一個動作或事件的主事者(1)，若是動詞所帶的焦點標誌為零標誌，則多是情緒動詞或感官動詞的經

驗者(2)，或者是靜態動詞所描述的客體(3)。

1a. <u>sia</u>主事者　　**m-'iriri'**　　　ray　kahoey　'izo:
　　[他-主格　主事焦點-站　在　樹　　　下]
　　'他站在樹下。'

　b. <u>minkoringan</u>主事者　**S-om-bet**　　　ka　　korkoring
　　[女人　　　　　　打-主事焦點　　受格　小孩]
　　'女人打小孩。'

2a. <u>kapina:o'</u>經驗者　　ø-sarara'　　　　ka　　korkoring
　　[主格　小姐　　主事焦點-喜歡　受格　小孩]
　　'小姐喜歡小孩。'

　b. <u>yako</u>經驗者　　**ma-ŋowip**　　ila　ʔisoʔon
　　[我-主格　主事焦點-忘記　了　你-受格]
　　'我忘記你了。'

3. <u>kapina:o'</u>客體　　ø-bali'
　　[小姐　　　　主事焦點-瘦]
　　'小姐很瘦。'

加受事焦點詞綴的動詞，其主語為受事者。

4. <u>korkoring</u>受事者　　noka　minkoringan　Sebet-en
　　[小孩　　　　　屬格　女人　　　　打-受事焦點]
　　'小孩被女人打。'

帶處所焦點標記的動詞，主語為處所。在賽夏語，處所

焦點只出現在等同結構中。如：

5a. ka-patol-**an**　　　　　　　hini'
　　[名物化-唱-處所焦點　　這]
　　'這是唱歌的地方。'

　b. ka-si'ael-**an**　　　　　　hini'
　　[名物化-吃-處所焦點　　這]
　　'這是吃飯的地方。'

帶工具焦點標記的動詞，主語的語意角色較廣泛，包括
工具(6)、原因(7)以及客體(8、9)。

6. <u>kahoey</u>工具　**si**-sebet　　　ni　　baki'　ka　　korkoring
　[木柴　　　工具焦點-打　屬格　爺爺　受格　小孩]
　'爺爺拿木柴打小孩。'

7. noka　　　korkoring <u>kano'</u>原因　**si**-hangih
　[屬格　　小孩　　　什麼　　　工具焦點-哭]
　'小孩為什麼哭？'

8. <u>hini' 'alaw</u>客體　**si**-'apis　　　ma'an　hi　　kizaw
　[這　魚　　工具焦點-夾　我-屬格　受格　kizaw]
　'我夾魚給 kizaw。'

9a. niSo　　　<u>tatpo'</u>客體　**si**-pasibae:aeh hi　　hi:ae'
　[你-屬格　帽子　　　工具焦點-借　受格　誰]
　'你帽子借給誰？'

b. ni　　'obay　　taw'an_{客體}　　**si-ba:iw**　　ila

　[屬格 'obay　房子　　　工具焦點-買　了]

　''obay 的房子賣人了。'

c. <u>raro:o'</u> _{客體} niSo　　**si-ngowip**　　ila　ma'an

　[名字　　你-屬格　工具焦點-忘記　了　我-屬格]

　'我忘了你的名字。'

總結起來，賽夏語的焦點標記和主語語意角色之間的對應關係如下表所示：

表 4.6　賽夏語焦點和主語語意角色之對應關係

焦 點 名 稱	語　　　意　　　角　　　色
主 事 焦 點	主事者、經驗者、客體
受 事 焦 點	受事者
處 所 焦 點	處所
工 具 焦 點	工具、原因、客體、受惠者

五、時制與動貌

　　賽夏語的時制與動貌可透過四種方式來表示，一是語境（包含時間詞），第二種是情態動詞，第三種方式是名物化，第四種則是動貌標誌。以下先討論語境。

語境與時制和動貌

在賽夏語中，一個不帶任何標誌或是只帶焦點的動詞並沒有傳遞特殊的時制或動貌。同一個形式的動詞可能因為前後語境上的不同而有不同的時制或動貌上的詮釋。如 (1) 句中的一般時是由表頻率的 remrem「常常」來傳遞的，而 (2)句中的過去時則是由時間詞 kahi:a'「昨天」來表達，而 (3a) 與 (2b)句的進行貌讀意則分別來自副詞子句 korkoring kahi:a' potngor ray taw'an「小孩昨天到家時」及時間詞 'isahini'「現在」。

1a. 'oya'　**remrem**　S-om-ebet　　ka　　korkoring
　　[媽媽　常常　　　打-主事焦點　受格　小孩]
　　'媽媽常常打小孩。'

　b. korkoring **remrem** Sebet-en　　　ni　　　'oya'
　　[小孩　　　常常　　　打-受事焦點 屬格　媽媽]
　　'小孩常常被媽媽打。'

2a. sia　**kahi:a'** S-om-ebet　　　ka　　korkoring
　　[他　昨天　　打-主事焦點　受格　小孩]
　　'他昨天打小孩。'

　b. korkoring **kahi:a'**　Sebet-en　　　　ni　　　'oya'
　　[小孩　　　昨天　　　打-受事焦點　屬格　媽媽]
　　'小孩昨天被媽媽打。'

3a. korkoring kahi:a'　potngor ray　　taw'an,
　　[小孩　　　昨天　　　到達　處所格　家

```
   'oya'      t-om-alek         ka      'alaw
   媽媽       煮-主事焦點        受格    魚]
   '小孩昨天到家時，媽媽正在煮魚。'
```

b. korkoring **'isahini'** 'angang-en ni   'oya'

```
   [小孩       現在        罵-PF       屬格    媽媽]
   '小孩現在正在被媽媽罵。'
```

情態動詞

　　賽夏語沒有區分現在和過去的時制標誌，而主事焦點句的未來則是以表示情態意義的動詞 'am 來表示。

4a. ngyaw **'am**   s-om-i'ael   ka   'alaw

```
    [貓     要       吃-主事焦點       受格    魚]
    '貓要吃魚。'
```

b. hiza' kakomo'alay kir   hiza'   kapina:o'

```
   [那    年輕人          和     那     小姐
```

'am 'aehae' halapaw

```
   要    一       床]
   '那個年輕人和那個小姐即將成為夫妻。'
```

c. yako rim'an **'am** ray   taw'an

```
   [我    明天    要     處所格    家]
   '我明天在家。'
```

d. yako **'am** kir sia   rima' walo'

```
   [我    要     和   他   去     東河]
   '我要和他去東河。'
```

我們之所以將除 'am 分析爲情態動詞[25]，是因爲除了未來時之外， 'am 尙可表示可能性（5）和意志（6）兩種屬於「情態」上的意義，可能性屬「情態」的「推測」用法，而意志屬於「義務」用法。

5a. rim'an **'am** '-om-oral
   [明天　　將要　下雨-主事焦點]
   '明天會下雨。'

 b. sia　　**'am**　m-wa:i'　　　a　　tomal
   [他　　　將要　主事焦點-來　連語　非常]
   '他很可能會來。'

6a. 問：So'o　kayni'　ay　s-om-i'ael　　ka　'alaw
   　　[你　　不要　疑問　吃-主事焦點　受格　魚]
   　　'你不要吃魚嗎？'

 b. 答：yako　**'am**　s-om-i'ael
   　　[我　　要　　吃-主事焦點]
   　　'我要吃。'

 c. 答：yako　**kayni'**　s-om-'ael
   　　[我　　不要　　吃-主事焦點]
   　　'我不要吃。'

另外，例句（7）更顯示 'am 是一個動詞，出現在非主事焦點的結構中表示意志：

---

[25] 所謂「情態」（modality），是指說話者對所發生的事件之真實與否所抱持的態度。

7a. ma'an **'am** hini'
　　[我　　要　　這]
　　'我要這個。'

 b. niSo **'am** rayhil ay
　　[你　　要　　錢　　疑問]
　　'你要錢嗎？'

名物化與受事焦點句的未來式

　　前面提到主事焦點句的未來式是用情態動詞 'am
來表示，受事焦點句的未來式是由衍生名詞名物化詞綴
ka- 來表示的。如：

8a. 'alaw **ka**-si'ael-en　　　　noka ngyaw
　　[魚　　名物化-吃-受事焦點　　屬格　貓]
　　'魚要被貓吃了。'

 b. ma'an **ka**-Sebet-en　　　　sia
　　[我　　名物化-打-受事焦點　　他]
　　'我要打他。'

 c. 'isa'an So'o **ka**-'angang-en　　ni 'oya'
　　[等一下 你　名物化-罵-受事焦點　屬格 媽媽]
　　'你等一下會被媽媽罵。'

 d. hini' ka'iba:en ma'an rim'an **ka**-'iba:-en
　　[這　衣服　　我　　明天　名物化-穿-受事焦點]
　　'這件衣服是我明天要穿的。'

e. hiza' 'aehae' 'alaw
[那　　一　　　魚
ma'an ro:hanan **ka**-si'ael-en
我　　晚上　　　名物化-吃-受事焦點]
'那一條魚，我晚上要吃。'

動貌標誌

　　動貌標誌標示動作的內部結構或其樣貌。賽夏語有表示「持續」、「進行」、「完成」、「新事態」等的動貌標誌，以下將逐一介紹。

１·持續貌

　　動貌標誌 kin 出現在動態動詞之前，可以表示動作的持續或反覆進行。以下例句顯示 kin 可與主事焦點以及受事焦點動詞並用。

9a. sia **kin**　　t-**om**-okaw
[他　動貌　　跳-主事焦點]
'他一直跳。'

b. ngyaw **kin**　s-**om**-i'ael　　ka　　'alaw
[貓　動貌　　吃-主事焦點　受格　魚]
'貓一直吃魚。'

c. 'alaw **kin**　si'ael-**en**　　noka　ngyaw
[魚　動貌　　吃-受事焦點　屬格　貓]
'魚(一直)都被貓吃。'

出現在靜態動詞前面的 kin 通常表程度的加強，如
（10）：

10a. hiza' kahoey kin   'ibabaw
　　　[那　樹　　動貌　　高]
　　　'那棵樹很高。'

　b. nisia   masa' kin   kayzaeh kita'-en
　　　[他的 眼睛 動貌　　好　　　看-受事焦點]
　　　'他的眼睛很漂亮。'

　c. tatpo' kin   tatini'
　　　[帽子 動貌 舊]
　　　'帽子越來越舊。'

　d. sia   kin   bali'
　　　[他 動貌 瘦]
　　　'他越來越瘦。'

2．進行貌

　　表動作正在進行的標誌有兩個： mang 與 ma，前
者與主事焦點動詞連用，後者出現在受事焦點動詞之
前。

11a. 'oya' **mang** '-om-angang   ka   korkoring
　　　[媽媽 動貌　罵-主事焦點 受格　小孩]
　　　'媽媽正在罵小孩。'

b. 'obay **mang** s-om-i'ael　　ka　　'alaw
['obay 動貌　吃-主事焦點　受格　魚]
''obay在吃魚。'

12a. ngyaw **ma**　　ka:as-en　　noka　'ahoe'
[貓　　動貌　咬-受事焦點　屬格　狗]
'貓在被狗咬。'

b. 'alaw **ma**　　si'ael-en　　　noka　ngyaw
[魚　　動貌　吃-受事焦點　屬格　貓]
'魚在被貓吃。'

3・完成貌

　　動詞中綴 -in- 可出現在主事焦點以及受事焦點結構中[26]，以下例句顯示，-in- 可表示動作已經發生或者完成：

13a. pazay　　　t-**in**-alek
[飯　　　煮-動貌]
'飯煮了。'

b. tatimaeh t-**in**-alek　　ila　ni　　'oya'
[菜　　　煮-動貌　　了　屬格　媽媽]
'菜，媽媽煮好了。'

14a. 'iban　　h-om-**in**-iwa'　　　　ila　ka　baboy
['iban 殺-主事焦點-動貌　　了　受格　豬]
''iban 殺過豬了。'

---

[26] 出現在受事者為主語的受事焦點結構中時，受事焦點標誌 -en 不出現。

b. 'obay r-om-**in**-a'oe'   ka   ralom ila
['obay 喝-主事焦點-動貌   受格   水   了]
''obay 喝過水了。'

需注意的是，-in-表達動作已發生，但未必已經「完結」
（complete），例如：

13a. baki' m-**in**-a'rem   haseb ila tiyamsong
[爺爺 主事焦點-動貌-睡   五   了   小時]
'爺爺睡了五小時了。'

b. ka'iba:en 'aehae' ila   tiyamsong b-**in**-ahi:,
[衣服   一   了   小時   洗-動貌
'okik sizaeh   na
否定 完成   還]
'衣服洗一個小時了，還沒洗好。'

此外，中綴 -in- 亦可以表示狀態，包括由前一個動作
產生的結果狀態，參例（16b）或者是動作的情狀，如
（17）。

16a. katesnenan   h-**in**-awaeh
[門   開-動貌]
'門開著。'

b. ma'an katesnenan Sikon h-**in**-nawaeh
[我   門   推   開-動貌]
'我把門推開。'

c. ma'an   tatpo'   s-**in**-bae:aeh kan   'obay
[我   帽子   借-動貌   處所格 'obay]
'我帽子是向'obay借的。'

17a. baki' m-**in**-aywawa:a'   s-om-i'ael
[爺爺   主事焦點-躺-動貌 吃-主事焦點]
'爺爺躺著吃飯。'

b. yami' s-om-i'ael   ka   pazay   m-**in**-asa:eng
[我們 吃-主事焦點 受格 飯   主事焦點-坐-動貌]
'我們坐著吃飯。'

c. yako k-om-ita'   hi   baki'
[我   看-主事焦點 受格   爺爺

m-**in**-asa:eng   ray   kabat
主事焦點-坐-動貌   處所 椅子]
'我看見爺爺坐在椅子上。'

另外， -in- 也可以表示兩個事件中，發生在前面的事件，亦即「相對的過去」：

18a. yako potngor ray   taw'an
[我   到達   處所格   家
korkoring   m-**in**-a'rem
小孩   主事焦點-睡-動貌]
'我到家時，小孩已經睡著了。'

b. yako So   rim'an s-om-**in**-i'ael   ila
[我   當   明天 吃-主事焦點-動貌   了

```
yako 'am    m-wa:i'      ila
我    要    主事焦點-來 了]
```
'我明天吃過飯以後來。'

儘管 -in- 的使用如此廣泛，我們卻發現，-in- 似乎不
與靜態動詞連用，靜態動詞的完成貌是用表新事態的
ila（參下一小節的介紹）來表示的。如：

19a. *yako r-**in**-a:am   ka   hini'   'owaw
     [我   知道-動貌 受格 這   事]

  b. yako ra:am   **ila**   ka   hini'   'owaw
     [我   知道   動貌 受格 這   事]
     '我已經知道這件事了。'

20a. *yako s-**in**-arara'   hisia   o:nahnge:
     [我   喜歡-動貌 他   很久]

  b. yako sarara'   hisia   :onahnge: **ila**
     [我   喜歡   他   很久   動貌]
     '我已經喜歡他很久了。'

另外，我們還發現完成貌有時可以用 'ina 來表示，'ina
多半出現在表經驗貌的句子中，如（21）。但是，（22）
的句子似乎純粹表完成貌，且同一語意，有時用 -in-，
有時用 'ina，如 （23）：

21a. yako **'ina** k-om-ita' hisia
　　[我　動貌　看-主事焦點　他]
　　'我見過他。'

　b. 'oya' 'okik **'ina** '-om-angang yakin
　　[媽媽　否定　動貌　罵-主事焦點　我]
　　'媽媽從未罵過我。'

22. korkoring **'ina** ranaw ila,
　　[小孩　　　動貌　　洗澡　　動貌
　　'okay 'iba: na ka ka'iba:en
　　否定　穿　還　受格　衣服]
　　'小孩洗好澡了，還沒穿衣服。'

23a. yako **'ina** k-om-ita' hisia
　　[我　動貌　看-主事焦點　他]
　　'我見過他。'

　b. yako k-om-**in**-ita' hisia
　　[我　看-主事焦點-動貌　他]
　　'我見過他。'

以上（23）的例句顯示，'ina 可以與主事焦點動詞並用。而 'ina 和 -in- 有一個不同點是， -in- 不和靜態動詞連用（請參考例 19、20），而 'ina 卻可以和靜態動詞連用，如例句（24）。

24. baki' 'okik **'ina** bi'e: nanaw
　　[爺爺　否定　動貌　生氣　一直]
　　'公公從不生氣。'

4．新事態

　　上一小節提到，賽夏語的完成貌用動詞中綴 -in- 來標示。然而，我們的語料顯示，許多表「完成貌」的句子，動詞後面都有 ila。就功能而言，ila 與國語的「了」很相近。但是國語的「了」有兩個，一個為表完成的動貌標誌，一個為表新事態的語氣詞。以下我們將舉出一些語言現象來說明， ila 的功能是表示新事態。

　　首先，以下的例句對比顯示，ila 表示新的狀態產生。

25a. yako kerpe:
　　　[我　　胖]
　　　'我很胖。'
　b. yako kerpe: **ila**
　　　[我　　胖　　　動貌]
　　　'我胖了。'
26a. nisia bokeS 'inaro'
　　　[他的　頭髮　　長]
　　　'他的頭髮很長。'
　b. nisia bokeS 'inaro' **ila**
　　　[他的　頭髮　　長　　　動貌]
　　　'他的頭髮長長了。'

然而，以上的例句都是 ila 跟在靜態動詞後面的例子。

下面（27）的例子可以詮釋為完成貌，也可以解釋成新狀態的產生；而（28）則很像是完成貌的句子。

27a. 'an-sia-a rayhil karma'-en **ila**
 　　[他的　　錢　　偷-受事焦點　動貌]
 　　'他的錢被偷了。'

　b. baboy noka tatini' tobok-en **ila**
 　　[豬　　屬格　老人　殺死-受事焦點　動貌]
 　　'豬被老人殺死了。'

28a. yako s-om-i'ael **ila** ka pazay
 　　[我　吃-主事焦點　動貌　受格　飯]
 　　'我吃過飯了。'

　b. 'iban h-om-**in**-wa: **ila** ka baboy
 　　['iban 殺-主事焦點　動貌　受格　豬]
 　　''iban 殺過豬了。'

需注意的是，（28a）通常充當（29）的答句，所以也可以解釋為新事態。而（28b）的動詞還帶有表完成貌的動貌標誌 -in- 。

29. So'o s-om-i'ael ila ay
 　　[你　吃-主事焦點　動貌　疑問]
 　　'你吃過了嗎？'

再者，例句（30a）與（30b）的對比更能顯出 -in- 表

狀態，而 ila 表新事態的產生。我們也發現，多數表
完成貌或經驗貌的句子，都會有 -in- 與 ila 共同出現，
如 （28）、（30b）。

30a. katesnenang　h-**in**-awaeh
　　　[門　　　　　開-動貌]
　　　'門開著。'

　b. katesnenang　h-**in**-awaeh　　　**ila**
　　　[門　　　　　開-動貌　　　　動貌]
　　　'門開了。'

另外，下面是表新事態的 ila 與未來連用表示新事態
即將產生的例句：

31a. yako　**'am**　ma'rem　　**ila**
　　　[我　要　　睡　　　　動貌]
　　　'我要睡了。'

　b. 'alaw　**ka-si'ael-en**　　　　**ila**　　noka　ngyaw
　　　[魚　　名物化-吃-受事焦點　動貌　屬格　貓]
　　　'魚要被貓吃了。'

綜合以上的討論，我們可以把賽夏語的時貌表達方式總
結如下表：

表 4.7 賽夏語的時制與動貌系統

時	表 達 方 式	說 明	限 制
	語境		
	'am	情態動詞	主事焦點
制	ka-	名物化	受事焦點
動	表達方式	說 明	限 制
	kin	持續	
	mang	進行	主事焦點
	ma	進行	非主事焦點
	-in-	完成	動態動詞
貌	ila	新式態	

六、存在句結構

　　存在句是表事物的存在、出現等意思的句型，例如漢語的「有一個人在你家裡」、英語的"There is a man in your house"。這種句型和領屬句（如「那個人有一個小孩」"The man has a child."、「孩子是我的」"The child is mine."）以及處所句（如「那個人在你的家」"The man is in your house."）有很密切的關係，都與「處所」（location）有關，因此一併討論。

存在句

賽夏語的存在句用 hayza' 來表示，存在句通常引介一個新的訊息，所以通常沒有一定的指涉。如：

1a. hayza' 'ahae' kahoey ray taw'an rangi'
    [有 一 樹 處所格 房子 旁]
    '有一棵樹在房子旁邊。'

  b. hayza' 'ahae' tatngo' ray talka: babaw
    [有 一 蒼蠅 處所格 桌子 上]
    '有一隻蒼蠅在桌上。'

我們發現賽夏語的 hayzaʔ 具有動詞的特性。首先，hayzaʔ 可加上表動貌的標誌，例如：

2a. hiza' taw'an 'ima h-in-ayza'
    [那 房子 關係詞 有-動貌
    ka ma'i:aeh 'ima rwasek
    受格 人 關係詞 住]
    '那房子曾有人住過。'

  b. hini' ba:la' 'ina hayza' ay ka 'alaw
    [這 河 動貌 有 疑問 受格 魚]
    '這條河可曾有魚？'

  c. yao h-in-ayza' ka 'aehae' taw'an
    [我 有-動貌 受格 一 房子]
    '我曾有過一間房子。'

其次，hayza? 可以加上動詞的焦點詞綴。雖然，跟據
受訪者表示，加焦點詞綴的動詞形式，現在已經不常用
了。

3. 問：kakhayra'an hayza' ay ka hini' ay
　　　[以前　　　　有　　疑問 受格 這　　疑問]
　　　'以前有這個嗎？'
　答：kilah hayza'-en ihan, hayza'-en ay
　　　[不知 有-受事焦點 嗎　 有-受事焦點　 疑問]
　　　'不知道，有嗎？'

此外，hayza? 和其他動詞一樣，可以加上表使動的前
綴 pak-。

4a. So rima' '-om-alop pak-hayza' ka linaSo'
　　[如果 去　　　打獵-主事焦點 使動-有　受格 飯盒]
　　'如果去打獵一定要有飯盒。'
　b. ka 'aroma' hayza' ila o:
　　[　其他　　有　　了
　　'isaza' ka talobon pak-hayza'-en
　　那　　主格 竹杯　　使動-有-受事焦點]
　　'其他都有了那個竹杯一定要有。'

領屬句

　　賽夏語的領屬句和存在句一樣，是用動詞 hayza' 來表示，而由例句（5）中名詞與代名詞的格位，我們可以知道表領屬的 hayza' 應當是一個及物動詞。

5a. yako　　hayza'　to:o'　korkoring
　　[我　　　有　　　三　　　小孩]
　　'我有三個孩子。'
　b. sia　　　hayza'　ka　　　rayhil
　　[他　　　有　　　受格　錢]
　　'他有錢。'

處所句

　　在許多台灣南島語中，處所句所用的動詞形式和存在、領屬句的動詞形式是一樣的，但是賽夏語的處所句是一個等同句結構，整個由處所格標記和名詞組所形成的處所名詞組（亦即英語的 The child is at home 中的 at home）就是謂語。如：

6a. korkoring　ray　　　　taw'an
　　[小孩　　　處所格　　房子]
　　'小孩在家。'
　b. korkoring　'okik　　　ray　　　　taw'an
　　[小孩　　　否定　　　處所格　　房子]
　　'小孩不在家。'

七、祈使句結構

　　祈使句平常是用來表示禁止、請求、警告、建議等意思的。祈使句中動詞的焦點符號與一般肯定陳述句的焦點符號有所不同（請參考本章第四節，表 4.5）。其中主事焦點與受事焦點在肯定祈使句都使用零標記，如：

1a. Sebet　ka　　　korkoring
　　[打　　受格　　小孩]
　　'打小孩！'
　b. pazay　'amet
　　[飯　　完]
　　'把飯吃完！'

以上兩個句子的動詞都沒有任何外顯的焦點標記，然而從名詞的格位標記，我們可以知道呢（1a）句以主事者為焦點，（1b）為受事焦點句。因為，（1a）中的受事者「小孩」前有受格位標記 ka，因此為該句的賓語（有關格位標記的說明請參本章第二節），該句為主事焦點句。而在（1b）中，受事者「飯」的格位標記是零，所以為主語；因為受事者為主語，所以該句為受事焦點句。工具焦點句在肯定祈使句中仍是以後綴 -ani 來標示

[27] 。如：

2a. hini'　ka　'alaw　'apiS-**ani**　hi　kizaw
　　[這　主格　魚　　夾-工具焦點　受格　kizaw]
　　'這魚夾給 Kizaw。'

　b. ngowip-**ani**　　　hiza'　ka　　'owaw
　　[忘記-工具焦點　　那　主格　事]
　　'忘掉那件事吧！'

祈使句的否定就在動詞加上否定詞 'izi'。在否定祈使
句中，主事焦點和受事焦點動詞都是零標記。

3a. 'izi'　Sebet　ka　　korkoring
　　[否定　打　　受格　小孩]
　　'別打孩子！'

　b. pazay　'izi'　　'amet
　　[飯　　否定　　完]
　　'別把飯吃完！'

工具焦點的否定祈使句中，動詞的焦點符號爲 -ani。
如：

4. tatpo'　**'izi'**　tirotol-**ani**　　hisai
　　[帽子　否定　讓給-工具焦點　他-受格]
　　'帽子不要給他！'

---

[27] 處所焦點在賽夏語都出現在名物化結構中，因此沒有祈使句。

八、否定句結構

　　賽夏語表示否定的詞語很豐富，有用於用來否定一般陳述的 ’okik 和 ’okay，表存在、領屬之否定的 ’oka’，否定意志的 kayni’， 表示禁止的 ’izi’，以及表示動作尚未完成的否定詞 ’in’ini’，以下逐一介紹其功能及用法。

否定詞 ’okay 和 ’okik

　　賽夏語用在一般陳述句的否定詞有兩個，一個是 ’okay，一個是 ’okik。一般而言，名詞性謂語（1、2）、靜態動詞「喜歡、知道」等（3、4），或是形容詞「高、矮、大、小」等（5）用 ’okik 否定，如：

1a. yako　　SaySiyat
　　[我　　賽夏人]
　　‘我是賽夏人。’
 b. yako　　’okik　　SaySiyat
　　[我　　否定　　賽夏人]
　　‘我不是賽夏人。’
2a. sia　　ray　　taw’an
　　[他　　處所格　房子]
　　‘他在家。’
 b. sia　　’okik　　ray　　　taw’an
　　[他　　否定　　處所格　房子]
　　‘他不在家。’

3a. sia   sarara' yakin
    [他   喜歡   我]
    '他喜歡我。'

 b. sia   'okik   sarara' yakin
    [他   否定   喜歡 我]
    '他不喜歡我。'

4a. yako   ra:am hisia
    [我   認識   他]
    '我認識他。'

 b. yako 'okik   ra:am hisia
    [我   否定   認識 他]
    '我不認識他。'

5a. mingkoringan   kerpe:
    [女人   胖]
    '女人胖。'

 b. mingkoringan   'okik kerpe:
    [女人   否定 胖]
    '女人不胖。'

若動詞爲動態動詞如「跑、跳、打、吃」等，則用 'okay
來否定。需注意的是，'okay 後面的動詞所加的焦點標
記爲第二組，例如：

6a. 'oya'   **S-om-ebet**   ka   korkoring
    [媽媽   打-主事焦點   受格 小孩]
    '媽媽打小孩。'

b. 'oya'　　**'okay　Sebet**　ka　　korkoring
[媽媽　　否定　打　　受格　小孩]
'媽媽沒有打小孩。'

7a. korkoring　Sebet-**en**　　　ni　　'oya'
[小孩　　　打-受事焦點　屬格　媽媽]
'小孩被媽媽打。'

b. korkoring　**'okay**　Sebet-**i**　　　ni　　'oya'
[小孩　　　否定　打-受事焦點　屬格　媽媽]
'小孩沒被媽媽打。'

另外，以下的例句顯示，'okay 後面的動詞也不帶任何動貌標誌。

8a. yako　kahi:a'　m-**in**-oSa'　　　　ila　　hiza'
[我　昨天　主事焦點-動貌-去　到　　那裏]
'我昨天去過那裏了。'

b. yako　kahi:a'　**'okay　'oSa'**　ila　　hiza'
[我　　昨天　否定　去　　到　　那裏]
'我昨天沒有去那裏。'

9a. pazay　　t-**in**-alek
[飯　　煮-動貌]
'飯煮了。'

b. pazay　　**'okay　talek-i**
[飯　　否定　煮-受事焦點]
'飯沒有煮。'

如果動詞帶有動貌標誌時，就要用 'okik 來否定，如：

10a. 'oya' **'okik** **mang S-om-bet** ka korkoring
　　 [媽媽 否定 動貌 打-主事焦點 受格 小孩]
　　 '媽媽沒有在打小孩。'
　 b. yako **'okik** **k-om-in-ita'** hisia
　　 [我 否定 看-主事焦點-動貌 他]
　　 '我從未見過他。'

否定詞 'amkik 與 'amkay

　　 否定詞 'amkik 和 'amkay 的區別與前述 'okik
和 'okay 的區別一樣，不同的是此兩個否定詞表達未
來或可能性的否定，例如：

11a. sia rim'an **'amkik** ray taw'an
　　 [他 明天 否定 處所格 家]
　　 '他明天不在家。'
　 b. yako naw 'aehae' 'aehae' hahila: 'a'a'aew,
　　 [我 如果 一 一 日 跑
　　 'amkik nak hini' kin kerpe:
　　 否定 像 這 動貌 胖]
　　 '我如果每天跑就不會這麼胖了。'
12a. baki' **'amkay** wa:i'
　　 [爺爺 否定 來]
　　 '爺爺不會來。'

   b. sia   ’insa’an   ra:amen   **’amkay** wa:i’

   [他   等一下   知道   否定   來]

   ‘他等一下可能不會來。’

以下例句顯示，’amkik 與 ’amkay 可替換成’am ’okik 與 ’am ’okay，應該是由 ’am 加上 ’okik 與 ’okay 簡化而來的。

13a. ’isa’an   kayba:en   **’amkik** a:ra:i’

   [等一下   衣服   否定   髒]

   ‘衣服等一下就不髒了。’

   b. ’isa’an   kayba:en   **’am**   **’okik**   a:ra:i’

   [等一下   衣服   將會   否定   髒]

   ‘衣服等一下就不髒了。’

14a. rim’an   **’amkay** ’oral

   [明天   否定   下雨]

   ‘明天不會下雨。’

   b. rim’an   **’am**   **’okay**   ’oral

   [明天   將會 否定   下雨]

   ‘明天不會下雨。’

否定詞 kayni’

   否定詞 kayni’ 意思相當於國語的「不要」，為表示意志的 ’am 之否定形式，可以後加名詞為其受詞，如：

15a. ma'an **'am** rayhil
　　　[我　　不要　　錢]
　　　'我不要錢。'

　b. yako **kayni'** ka　　rayhil
　　　[我　　不要　　受格　錢]
　　　'我不要錢。'

和 'am一樣，否定詞 kayni'也可以後加動詞。需注意
的是，kayni' 後面的動詞，焦點標記和一般陳述句中
的焦點標記一樣，爲第二組，如：

16a. yako 'am　**m-a'rem**
　　　[我　　要　　主事焦點-睡]
　　　'我要睡。'

　b. yako kayni'　**m-a'rem**
　　　[我　　不要　　主事焦點-睡]
　　　'我不要睡。'

17a. korkoring Sebet-**en**　　noka' mingkoringan[28]
　　　[小孩　　　打-受事焦點　屬格　女人]
　　　'小孩被女人打。'

　b. korkoring kayni'　Sebet-**en**　　noka' mingkoringan
　　　[小孩　　　否定　打-受事焦點　屬格　女人]
　　　'小孩不要給女人打。'

---

[28]值得一提的是，'am 不出現於受事焦點結構中，而 kayni' 卻可與受事焦
　點動詞連用。

否定詞 'oka'

否定詞 'oka' 可以表示存在及領屬的否定，意思相當於「沒有」，為 hayza' 的否定詞，可加受詞，是一個及物動詞。如：

18a. yako **hayza'** ka rayhil
　　　[我　有　　受格　錢]
　　　'我有錢。'

　b. yako **'oka'** ka rayhil
　　　[我　否定　受格　錢]
　　　'我沒有錢。'

19a. (ray)　　kawaS babaw **hayza'** ka 　'ilaS
　　　[處所格 天空　上　　有　　受格　月亮]
　　　'天上有月亮。'

　b. (ray)　　kawaS babaw **'oka'** ka 　'ilaS
　　　[處所格 天空　上　　否定　受格　月亮]
　　　'天上沒有月亮。'

否定詞 'oka' 在許多方面的表現都像是一個動詞。首先，如以下例句顯示，'oka' 可以加上動貌標誌。

20a. hini' ka 　'omaeh '-in-oka' ka 　taw'an
　　　[這　主格　田　否定動貌　受格　房子
　　　'isahini' hayza' ila
　　　現在　　　有　　了]
　　　'這塊地以前沒有房子，現在有了。'

b. yako kin　　'oka' ka　　rayhil
[我　動貌　否定　受格　錢]
'我越來越沒有錢。'

此外，'oka' 可加焦點詞綴或加上表使動的前綴 pa-，
例如：

21a. hiza' korkoring 'ampowa'
[那　小孩　　爲何
si-'oka'　　　ka　　yaba'
受惠焦點-否定　受格　父親]
'那小孩爲何沒有父親？'

b. pa-'oka'　　ka　　raro:o'
[使動-否定　受格　名字]
'把名字拿掉！'

除了表示領屬與存在之外，'oka'亦可充當是非問句中
的否定簡答，如：

22a. sia　　'anso'a ay　　kamamangra:an
[他　你的　疑問　男人]
'他是你先生嗎？'

b. **'oka'**　sia
[否定　他]
'不是他。'

此外，以下兩組例句的對比顯示，'okik 與 'okay 很可能是由 'oka' 加上 'i 與 'ik 減縮而成的。

22a. yako 'am **'oka'** <u>ila</u> **'i** Sebet ka korkoring
　　[我　將　否定　了　　打　　受格 小孩]
　　'我不會再打小孩了。'

　b. yako 'am **'okay** Sebet ka　　korkoring <u>ila</u>
　　[我　將　否定　打　　受格　小孩　　　了]
　　'我不會再打小孩了'

23a. t-in-aw'an 'aehae' ila tinal'omaeh
　　[蓋-動貌　一　　　了　年]
　　'oka' <u>na</u> **'ik** sizaeh
　　[否定　還　　　完成]
　　'房子蓋一年了，還沒蓋好。'

　b. t-in-aw'an 'aehae' ila tinal'omaeh
　　[蓋-動貌　一　　　了　年]
　　'okik sizaeh <u>na</u>
　　[否定　完成　還]
　　'房子蓋一年了，還沒蓋好。'

我們認為，'i 與 'ik 的功用在引介後面的被否定成分，這點似乎可由以下例句中，簡答時用 'am 'oka'，而被否定的成分若出現則用 'amkay 得到證實。

24a. rim'an 'am 'omoral ay
　　[明天　將會　下雨　　疑問]
　　'明天會下雨嗎？'

b. 'am **'oka'**

[將會 否定]

‘不會。’

c. rim'an 'amkay 'oral

[明天 否定 下雨]

‘明天不會下雨。’

否定詞 'izi'

否定詞 'izi' 表示禁止之含意，後面的動詞所加的焦點標記爲第二組，如：

25a. pazay 'izi' 'amet

[飯 否定 完]

‘別把飯吃完！’

b. 'izi' Sebet ka korkoring

[否定 打 受格 小孩]

‘別打孩子！’

c. tatpo' 'izi' tirotol-ani hisai

[帽子 否定 讓給-工具焦點 他-受格]

‘帽子不要給他！’

值得注意的是，'izi' 不可以與第一人稱單數的主語連用，如：

26a. * yako 'izi' sa:eng

[我 否定 坐]

b. yami'/'ita'/So'o/sia　'izi'　　sa:eng
　　[我們/咱們/你/他　　否定　　坐]
　　'他不可以坐下。'

要表示禁止第一人稱單數做某事，必須用 'amkay，如：

27. yako　'amkay ra'oe: ka　　pinobae:aeh
　　[我　　否定　喝　　受格　　酒]
　　'我不可以喝酒。'

否定詞 'in'ini'

　　否定詞 'in'ini' 的意思是「還沒」，可以出現在動語前，出現在 'in'ini' 之後的動詞，所加的焦點詞綴屬第二組，和陳述句中的焦點詞綴不一樣。而且，有時動詞前會出現 'i 這個詞素，如：

28a. yako　'in'ini'　'i　　i:ba:
　　　[我　　否定　　　穿]
　　　'我衣服還沒穿好。'
　b. 'alaw　'in'ini'　'i　talek-i
　　　[魚　　否定　　　煮-受事焦點]
　　　'魚還沒煮。'

另外，'in'ini' 也可以出現在副詞之前，如：

29a. So’o rima’　　’in’ini’ ’aehae’ tinal’omaeh

　　　[你　去　　否定　一　　年]

　　　‘你去不到一年。’

　b. yako ’in’ini’ o:naehne:　mwa:i’

　　　[我　否定　久　　　　來]

　　　‘我很久沒來了。’

以下將賽夏語的否定詞做一總結：

表 4.8 賽夏語的否定詞

否定詞	語　　　意	分　　佈　　與　　限　　制
’okik	沒有；不是	名詞性謂語、靜態動詞、帶動貌的動態動詞前
’okay	沒有；不是	動態動詞前，使用第二組焦點標記
’amkik	不會	同 ’okik，爲 ’okik 加 ’am 所成
’amkay	不會	同 ’okay，爲 ’okay 加 ’am 所成
kayni’	不要	名詞、動詞前，使用第一組焦點標記
’oka’	沒有；不是	名詞、動詞前；回答是非問句
’izi’	不要；別	動詞前，使用第二組焦點標記
’in’ini’	還沒	動、副詞前，用第二組焦點標記

九、疑問句結構

疑問句可以依答句的性質分兩種，一種是是非問句
（Yes-No Question），另一種是含疑問詞的疑問句
（Wh-question）。以下分別討論之。

是非問句

是非問句是指用「是」或「不是」回答的問句。賽
夏語的是非問句是藉由加上疑問詞 ay 而形成的。疑問
詞 ay 通常加在句尾，這個疑問詞 ay 會造成句子語調
上揚，而且前一個字的重音會轉到 ay 上面。如：

1a. koko' ray   taw'an ay
   [婆婆 處所格 房子   疑問]
   '婆婆在家嗎？'
 b. So'o   'amkay 'oSa' ay
   [你   否定   去   疑問]
   '你不去嗎？'

疑問詞 ay 除了出現在句尾之外，也常出現在動詞之
後，如：

2a. yako   nak   hini' matawaw
   [我   像   這   做

ka-'angang-en　　　　　ay　　　ni　　'oya'
名物化-罵-受事焦點　疑問　　屬格　媽媽]
'我這樣做會不會被媽媽罵？'

b. baki'　s-om-ingozaw　ka　　　korkoring
[爺爺　問-主事焦點　受格　　小孩
rim'an　　'am　rima'　ay　　　lamsong
明天　　　要　　來　　疑問　　南庄]
'爺爺問小孩明天要不要來南庄。'

含疑問詞的疑問句

1・誰、什麼

　　含疑問詞的疑問句指的是用疑問代詞如「什麼」、「誰」來表達疑問的問句，這種問句不能用「是」、「不是」回答，而必須用具體的詞或詞組來回答。賽夏語的疑問代詞中，「誰」和「什麼」具有名詞的格位變化，為名詞性疑問代詞，如下表所示：

表 4.9 賽夏語名詞性疑問代詞的格位標記

語意	疑問詞	主格	受格	屬格	所有	受惠	處所
誰	hi:ae'	ø	hi	ni	'an-a	'ini	kan, kala
什麼	kano'	ø，ka	ka	noka			

人稱疑問代詞「誰」符號和人稱專有代名詞的格位標記相同，分佈也相同，如主格標示主語：

3a. hi:ae'　　ray　　halapaw
　　[誰-主格　處所格　床]
　　'誰在床上？'

 b. hi:ae'　　k-om-ita'　　hisia'
　　[誰-主格　看-主事焦點　他]
　　'誰看到他？'

受格標示賓語：

4a. sia　　S-om-bet　　hi　　hi:ae'
　　[他　打-主事焦點　受格　誰]
　　'他打誰？'

 b. So'o　　tiko'　　hi　　hi:ae'
　　[你　怕　受格　誰]
　　'你怕誰？'

屬格標示非主事焦點句的主事者：

5a. rayhil　ni　　hi:ae'　karma'-en
　　[錢　屬格　誰　拿-受事焦點]
　　'錢被誰偷走了？'

 b. So'o　ni　　hi:ae'　kita'-en　　ila
　　[你　屬格　誰　看-受事焦點　動貌]
　　'你被誰看到了？'

予格標示受惠者：

6a. baki' ba:iw ka ka'iba:en 'ini hi:ae'
　　[爺爺 買 受格 衣服 予格 誰]
　　'爺爺買衣服爺給誰？'

　b. tapo' ba:iw 'ini hi:ae'
　　[帽子 買 予格 誰]
　　'帽子買給誰？'

所有格標示領屬者：

7a. halapaw 'an hi:ae' a
　　[床 所有格 誰]
　　'床是誰的？'

　b. hini' 'an hi:ae' a 'ahoe'
　　[這 所有格 誰 狗]
　　'這是誰的狗？'

處所格標示地點：

8a. rayhil 'in'aray kan hi:ae'
　　[錢 從 處所格 誰]
　　'錢從誰那裏借來的？'

　b. So'o s-om-ibae:aeh ka rayhil kala hi:ae'
　　[你 借 受格 錢 處所格 誰]
　　'你跟誰借錢？'

疑問代名詞「什麼」雖然也有格位標記標示不同的格位，但是格位標記卻沒有人稱疑問代詞「誰」的格位標示來的豐富，只有主格、受格和屬格三組。主格標示主語，如：

9a. hini'　　kano'
　　[這　　什麼]
　　'這是什麼？'
 b. ka　　　kano'　　tongsi' ming-lakay
　　[受格　什麼　　東西　破]
　　'什麼東西破了？'

受格標示賓語，如：

10a. baki'　s-om-i'ael　　　ka　　kano'
　　 [爺爺　吃-主事焦點　　受格　什麼]
　　 '爺爺吃什麼？'
  b. sia　　k-om-ita'　　　ka　　kano'
　　 [他　　看-主事焦點　　受格　什麼]
　　 '他看到什麼？'

屬格標示工具或領屬者，如：

11a. baki'　　noka　kano' S-om-ebet　　　ka　　korkoring
　　 [爺爺　屬格　什麼　打-主事焦點　　受格　小孩]
　　 '爺爺用什麼打小孩？'

b. hini' 'a'ay   noka' kano'
[這   腳   屬格   什麼]
'這是什麼東西的腳？'

2・那一個

疑問詞 ha'ino'「那一個」和英語的 which 一樣，
可以當形容詞，放在名詞組前如例（12），也可以當代
名詞，如例（13）：

12a. ha'ino'   'ahae' korkoring 'an-Soa-a
[那一個 一   小孩   你的]
'那一個小孩是你的？'

  b. ha'ino'   korkoring niSo 'awhay ka-payaka:i'-in
[那一個 小孩   你 不好 名物化-講-受事焦點]
'你的那一個小孩不聽話？'

13a. ha'ino'   'an-Soa-a
[那一個 你的]
'那一個是你的？'

  b. So'o 'am'oey   ka   ha'ino'
[你 要   受格 那一個]
'你要那一個？'

3・表地點的疑問詞

表地點的疑問詞「哪裏」'ino'前面可以加 haw、ray
及 ila 來表示不同的語意內涵，haw 'ino' 與 ray 'ino'

表 「在哪裏」，前者的指涉較遠，後者較近。如[29]：

14a. haw 'ino' '-om-oeral
　　 [在　 哪裏　 下雨-主事焦點]
　　 '哪裏下雨？'
　b. korkoring　 haw　 'ino'
　　 [小孩　　　 在　 哪裏]
　　 '小孩在哪裏？'
　c. So'o haw　 'ino'　 m-atawaw
　　 [你　 在　 哪裏　 主事焦點-工作]
　　 '你在哪裏工作？'
15a. rayhil 'askan-en　　 ray 'ino
　　 [錢　 放-受事焦點　 在　 哪裏]
　　 '錢放在哪裏？'
　b. baki' ray 'ino'　 S-om-ebet　　 ka　 korkoring
　　 [爺爺 在　 哪裏　 打-主事焦點　 受格　小孩]
　　 '爺爺在哪裏打小孩？'

疑問詞 'ino' 之前加 'inay 表示來源「從哪裏」，如：

16. 'iban 'inay 'ino' (m-wa:i')
　　 ['iban 從　　 哪裏　 主事焦點-來]
　　 ''iban從哪裏來的？'

---

[29] haw 'ino' 常讀爲[ha'ino']，ray 'ino' 常讀爲[rayno']。

疑問詞 ’ino’ 之前加 ila 表示終點「到哪裏」，如：

17a. So’o ila ’ino’ ’-om-alep

[你 到 哪裏 打獵-主事焦點]

‘你到哪裏去打獵？’

b. So’o ’am (rima’) ila ’ino’

[你 要 去 到 哪裏]

‘你要去哪裏？’

綜合以上討論，賽夏語表處所的疑問詞可歸納爲下表：

表 4.10 賽夏語表處所的疑問詞

疑問代詞	haw ’ino’	ray ’ino’	’inay ’ino’	ila ’ino’
語意	哪裏	在哪裏	從哪裏	到哪裏

4・表時間的疑問詞

賽夏語的時間疑問詞有 ’ino’an 和 ka’ino’an 兩個。表過去時用 ka’ino’an，表非過去用 ’ino’an。

18a. sia ka-’ino’an m-wa:i’

[他 過去-何時 主事焦點-來]

‘他什麼時候來的？’

b. sia ’ino’an ’am m-wa:i’

[他 何時 要 主事焦點-來]

‘他什麼時候要來？’

5 · 表原因的疑問詞

問原因用 'am powa'，其字面意思為「做什麼」。
平時與熟人見面常用 So'o 'am powa'（你在做什麼？）
做為問候語。

19a. So'o 'ampowa' rima'
　　　[你　　爲什麼　　去]
　　　'你爲甚麼要離開？'

　b. So'o 'ampowa' kin　　　　S-om-bet　　　hisia
　　　[你　　爲什麼　　持續貌　打-主事焦點　他]
　　　'你爲甚麼一直打他？'

6 · 表方法的疑問詞

問方法用 nak'ino，nak 字面上的意思是「像」。

20a. So'o nak'ino rima'　kilapa:
　　　[你　如何　　去　　　五峰]
　　　'你如何去五峰？'

　b. So'o nak'ino t-om-alek　　　ka　　pazay
　　　[你　　如何　　煮-主事焦點　受格　飯]
　　　'你如何煮飯？'

　c. niSo　hin'az'azem　　　nak'ino'
　　　[你的　心　　　　　　如何]
　　　'你覺得怎麼樣？'

7・表數量的疑問詞

　　賽夏語有 piza 及 koza 兩個詢問「數量」的疑問詞，piza 和可數名詞並用，如例句（21），koza 則和不可數名詞連用，如例（22）：

21a. niSo　　piza　　rayhil
　　　[你的　多少　錢]
　　　'你有多少錢？'
　b. niSo　　piza　　korkoring
　　　[你　　多少　小孩]
　　　'你有幾個小孩？'
22a. ray　　　'oe'oel　ralom　koza
　　　[處所格　竹杯　　水　　多少]
　　　'杯子裏有多少水？'
　b. ray　　　tontonay　pinobae:aeh　koza
　　　[處所格　瓶子　　酒　　　　　多少]
　　　'瓶子有多少酒？'

另外，koza 還可以問「程度」多少，需注意的要在所詢問的詞前加上表持續貌的動貌標誌。如：

23a. kahoey　koza　　kin　　　　'ibabaw
　　　[樹　　多少　持續貌　高]
　　　'樹有多高？'

b. taw'an　koza　　kin　　　soba:eh
[房子　多少　持續貌　大]
'房子多大？'

c. tatimaeh　koza　　kin　　　kayzaeh si'ael-en
[菜　　　　多少　持續貌　好　　　吃-受事焦點]
'菜有多好吃？'

d. sia　mangra:an koza　　kin　　　'amaeh
[他　走路　　　多少　持續貌　快]
'他走路多快？'

十、複雜句結構

　　本節介紹賽夏語的複雜句結構，分別由補語結構、關係子句、副詞子句、並列結構四大類來介紹。

補語結構

　　補語結構可分連動結構、樞紐結構、認知結構和述說結構四種：

１·連動結構

　　連動結構含一個以上的動詞，動詞之間沒有連接詞連結，其特色是動詞共有一個主語。而這些並連的動詞之間可能是連續發生的動作，具時間先後次序的關係，例如：

1a. 'obay **rima'** **h-im-iwa**:[30]　　ka　baboy

 ['obay 去　　殺-主事焦點　受格　豬]

 ''obay去殺豬。'

 b. 'obay　'am　　**rima'** ray　　　'os'oso'an

 ['obay 要　　去　　處所格　山

 S-om-bet　ka　korkoring

 打-主事焦點　受格　小孩]

 ''obay 要到山上去打小孩。'

連動結構的否定及時制或動貌通常都加在第一個動詞上。如：

2a. baki'　**'am** m-wa:i'　　kanman　　s-om-i'ael

 [爺爺　將 主事焦點-來　我-處所格　吃主事焦點

 ka　pazay

 受格　飯]

 '爺爺將來我這兒吃飯。'

 b. ?baki' 'am m-wa:i'　　kanman　　**'am** s-om-i'ael

 [爺爺　將 主事焦點-來　我-處所格　將　吃主事焦點

 ka　pazay

 受格　飯]

3a. baki' **'okay** wa:i'　s-om-i'ael　ka　　pazay

 [爺爺 否定 來　　吃-主事焦點 受格　飯]

 '爺爺沒有來吃飯。'

---

[30] 中綴-im-為-om-之變體，出現在東河方言中。

b. *baki' m-wa:i' **'okay** si'ael ka pazay
[爺爺　主事焦點-來　否定　吃　受格　飯]

以上例句中，第一個和其後的動詞都是主事焦點動詞，
動詞，以下例句顯示，連動結構中的動詞也可以是非主
事焦點的動詞，只是，其焦點必須是一致的。

4a. ka:iba:en ni 'oya' mari'-**in**
[衣服　　屬格　媽媽　拿-受事焦點
'alas-**en** bahi'-**in**
抓-受事焦點　洗-受事焦點]
'衣服媽媽拿去洗了。'

b. hiza' 'aehae' baboy
[那　一　　豬
ni baki' 'alas-**en** hiwa:-**en** ila
屬格　爺爺　抓-受事焦點　殺-受事焦點　了]
'那隻豬被爺爺抓去殺了。'

另外，賽夏語中許多表情狀的狀語為動詞，因此也有表
示修飾關係的連動結構。如：

5a. baki' **k-om-ira'iS** **S-om-bet** ka korkoring
[爺爺　用力-主事焦點　打-主事焦點　受格　小孩]
'爺爺用力打小孩。'

b. So'o   kir   hi:ae' **ma'omhael**   **ra:awak**

[你   跟   誰   主事焦點-一起   跳舞]

'你跟誰一起跳舞？'

c. nisia   koSa'-en   **twa'is-in**   **singozaw-en**

[他-屬格   說-受事焦點 一直-受事焦點   問-受事焦點

noka   ka   twanay

屬格   大嫂]

'大嫂一直問他才說。'

2·樞紐結構

在樞紐結構中[31]，第一個動詞與第二個動詞有一個共有的論元，該論元為第一個動詞的受事者，第二個動詞的主事者。如以下例句中劃底線的部分。

6a. baki'   s-om-iwa: si-'osa'   nisia

[爺爺 允許-主事焦點   工具焦點-去 他-屬格]

'爺爺允許他去。'

b. baki'   s-om-iwa: si-be:ay   nisia

[爺爺 允許-主事焦點   工具焦點-給 他-屬格

ka   'ahoe'   ka   korkoring

受格 狗   受格 小孩]

'爺爺允許他給小孩狗。'

c. yako s-om-iwa: si-si'ael

[我 允許-主事焦點   工具焦點-吃

---

[31] 即所謂的兼語結構（參趙元任 1980）。

<u>noka korkoring</u> ka pazay
屬格 小孩 受格 飯]
'我允許小孩吃飯。'

以上這幾個動詞亦可出現在連動結構中,只是,出現在連動結構時,其補語動詞為主事焦點動詞;若補語為樞紐結構,動詞為工具焦點動詞。

7a. sia s-om-iwa: 'am m-wa:i'
[他 答應-主事焦點 要 主事焦點-來]
'他答應要來。'

 b. sia s-om-iwa: mo-bay yakin ka 'ahoe'
[他 答應-主事焦點 主事焦點-給 我 受格 狗]
'他答應給我狗。'

 c. baki' s-om-iwa: hilasia mo-bay
[爺爺 答應-主事焦點 他們-受格 主事焦點-給
ka 'ahoe' ka korkoring
受格 狗 受格 小孩]
'爺爺答應他們給小孩狗。'

賽夏語有另一類樞紐結構,其動詞為主事焦點動詞。如:

8a. 'oya' t-om-etere' ka kapina:o'
[媽媽 教-主事焦點 受格 小姐
S-om-a'iS ka kaybae:en
縫-主事焦點 受格 衣服]
'媽媽教小姐做衣服。'

b. yako pa-wa:i' hisia   s-**om**-i'ael   ka   pazay
[我　使動-來　他-受格　吃-主事焦點　受格　飯]
'我請他吃飯。'

3·認知結構

認知結構由認知動詞（如「知道、相信、認為」等）與其補語構成。在英語這種結構用補語連詞（complementizer）that 來引介，而賽夏語也有一個功能與之類似的 komoSa'。

9a. sia   ra:am   **k-om-oSa'**
[他 知道　說--主事焦點
yako   kama   ra'oe: ka   pinobae:aeh
我-主格 關係詞 喝　　受格 酒]
'他知道我喝酒。'

b. yako   bazaeh **k-om-oSa'**   baki' 'am wa:i'
[我-主格　聽　　說-主事焦點 爺爺 要　來]
'我聽說爺爺要來。'

以下例句顯示，補語句中的主語，可以出現在認知動詞之後，充當其賓語。

10 a. sia   ra:am **yakin** k-om-oSa'
[他　 知道 我-受格 說-主事焦點
kama   ra'oe: ka   pinobae:aeh
關係詞 喝　　受格 酒]
'他知道我喝酒。'

b. yako　　bazaeh **hi**　**baki'** k-om-oSa'　'am mwa:i'
[我-主格 聽　　受格　爺爺 說-主事焦點 要　來]
'我聽說爺爺要來。'

以下例句顯示，補語連詞 komoSa' 可以省略，但此時
補語句的主語必須表徵為認知動詞的賓語。

11a. yako　　　　paka:i' **k-om-osa'**　　sia　　　'am mwa:i'
[我-主格　相信　說-主事焦點　他-主格 會 來]
'我相信他會來。'

b. yako　　　　paka:i'　**hisia**　　　'am　mwa:i'
[我-主格　相信　　他-受格　會　來]
'我相信他會來。'

c. *yako　paka:i' **sia**　　　'am　mwa:i'
[我　　相信　他-主格　會　　來]

如以下例句所示，賽夏語的 komoSa' 也是一個述說動
詞，以述說動詞來擔任補語連詞的現象亦見於國語及台
語。如「他告訴我說明天要來。」

12a. baki'　**k-om-oSa'**　　sia　　　hayza'　ka　'owaw
[爺爺　說-主事焦點 他-主格 有　　受格　事
'am　mwa:i'
要　　來]
'爺爺說有事要來。'

b. baki' **k-om-oSa'** 'am mwa:i'

[爺爺 說-主事焦點 要 來]

'爺爺說要來。'

4 · 述說結構

述說結構和認知結構一樣，可以用補語連詞 komoSa' 來引介，同樣的，補語連詞也可以不出現。如：

13a. baki' mayaka:i' **k-om-oSa'** 'am mwa:i'

[爺爺 講 說 要 來]

'爺爺說要來。'

b. baki'$_i$ mayaka:i' **k-om-oSa'** sia$_{i/j}$ 'am mwa:i'

[爺爺 主事焦點-講 說-主事焦點 他 要 來]

'爺爺說他要來。'

14a. baki' k-om-oSa' sia hayzaeh

[爺爺 說-主事焦點 他-主格 有

ka 'owaw 'am mwa:i'

受格 事 要 來]

'爺爺說有事要來。'

b. baki' k-om-oSa' 'am mwa:i'

[爺爺 說-主事焦點 要 來]

'爺爺說要來。'

述說結構在賽夏語常常以「直接引句」的方式呈現。如下列例句(15a)中的「你為什麼不去睡?」。以下例句【　】中的部分,即為直接引句。

15a. 'oya'　mayaka:i'　　ka　　　korkoring k-om-oSa'
　　　[媽媽　主事焦點-講 受詞　小孩　　　說-主事焦點
　　　[So'o　'ampowa' ila　'okay sa　pa'rem]
　　　 你　　為什麼　　了　否定　去　睡]
　　　'媽媽問小孩說:「你為什麼不去睡?」'
　 b. korkoring mayakai'　　　k-om-oSa'　　[ma'an hini'
　　　[小孩　　　主事焦點-講 說-主事焦點 我-屬格 這
　　　ka　　'owaw sizaeh ila yako　　　'am ma'rem ila]
　　　主格 事　　完成 了 我-主格　要　睡　　了]
　　　'小孩說:「我這件事做完就去睡。」'
16a. sia k-om-oSa'　　[yako　　'okik　'ina
　　　[他 說-主事焦點　我-主格 否定　完成貌
　　　Sombet　　　　ka　　korkoring]
　　　打-主事焦點 受格 小孩]
　　　'他說:「我不曾打過小孩。」'
　 b. ma'an　　sia　　koSa'-en
　　　[我-屬格　他-主格　說-受事焦點
　　　[ra'oe: ka　　pinobae:aeh]
　　　喝　　受格　酒]
　　　'我叫他喝酒。'

關係子句

　　賽夏語的關係子句由 'ima 跟 kama 兩個關詞來引介，一般而言，'ima 與靜態動詞連用而 kama 與動態動詞連用。[32]

1a. hiza'　ma'i:aeh　sekela'　hi　　'obay
　　[那　　人　　　　認識　　受格　'obay]
　　'那個人認識 'obay。'

　b. 'ima　　　sekela'　hi　　　'obay
　　[關係詞　認識　　受格　'obay
　　ka　　ma'i:aeh　m-wa:i'　　　ila
　　主格　人　　　　主事焦點-來　了]
　　'認識 'obay的人來了。'

2a. kapina:o'　r-om-a'oe:　　ka　　pinobae:aeh
　　[小姐　　喝-主事焦點　受格　酒]
　　'小姐在喝酒。'

　b. tatini'　sarara'　ka
　　[老人　喜歡　　受格

---

[32] 然而，在以下的例句中，kama 與靜態動詞連用。
　a. baki'　tali'yalem
　　[爺爺　小心]
　　'爺爺很小心。'
　b. baki'　kama　　tali'yalem　ma'i:aeh
　　[爺爺　關係詞　小心　　　人]
　　'爺爺是個很小心的人。'

kama ra'oe: kapinobae:aeh kapina:o'
關係詞 喝   酒   小姐]
'老人喜歡喝酒的小姐。'

關係子句可出現在名詞中心語之前面或後面[33]。

3a. yako sarara' ka hiza'
 [我 喜歡 受格 那
 ['ima kayzaeh kita'-en] kapina:o'
 關係詞 好   看-受事焦點 小姐]
 '我喜歡那個漂亮的小姐。'

b. yako sarara' ka hiza' kapina:o'
 [我 喜歡 受格 那 小姐
 ['ima kayzaeh kita'-en]
 關係詞 好   看-受事焦點]
 '我喜歡那個漂亮的小姐。'

4a. tatini' sarara' ka [kama ra'oe: kapinobae:aeh]
 [老人 喜歡 受格 關係詞 喝   酒

---

[33]以下例句顯示，關係子句可以出現在指示詞前後：
 a. yako sarara' ['ima kayzaeh kita'-en] **ka** **hiza'** kapina:o'
  [我 喜歡 關係詞 好   看-受事焦點 受格 那個 小姐]
  '我喜歡那個漂亮的小姐。'
 b. yako sarara' **ka** **hiza'** ['ima kayzaeh kita'-en] kapina:o'
  [我 喜歡 受格 那 關係詞 好 看-受事焦點 小姐]
  '我喜歡那個漂亮的小姐。'

kapina:o'

小姐]

'老人喜歡喝酒的小姐。'

b. tatini' sarara' ka   kapina:o'

[老人 喜歡 受格 小姐

[kama ra'oe: kapinobae:aeh]

關係詞 喝   酒]

'老人喜歡喝酒的小姐。'

此外，帶中綴 -in- 無須加 kama 或 'ima 即可形成一個關係子句。

5a. yako sarara' ila ka   hiza' kapina:o'

[我 喜歡 了 受格 那   小姐

[r-om-in-a'oe: ila ka   pinobae:aeh]

喝-主事焦點   了 受格 酒]

'我喜歡那個喝了酒的小姐。'

b. [**S-om-in-bet**   ka korkoring] tatini'

[打-主事焦點-完成貌   受格 小孩   老人

r-om-aoe: ka   pinobae:aeh

喝-主事焦點   受格 酒]

'打小孩的老人喝酒。'

6a. [nisia   **t-in-alek**] 'alaw   kayzaeh si'ael-en

[他-屬格 煮-完成貌 魚   好   吃-受事焦點]

'他煮的魚好吃。'

b. yako sarara' [nisia ka **t-in-alek**] 'alaw
[我 喜歡 他-屬格 受格 煮-完成貌 魚]
'我喜歡他煮的魚。'

有時，同一個動詞可以用 'ima 也可以用 kama 形成關係子句，但是語意不同。如：

7a. 'ima omiba: ka 'ima yabiyal
[關係詞 主事焦點-穿 受格 關係詞 黃色
ka'iba:en kapina:o' ma'an Sebet-en
衣服 小姐 我-屬格 打-受事焦點]
'穿著黃色衣服的小姐被我打。'

 b. kama iba: nanaw ka 'ima yabiyal
[關係詞 穿 一直 受格 關係詞 黃色
kayba:en kapina:o' ma'an Sebet-en
衣服 小姐 我-屬格 打-受事焦點]
'老是穿著黃色衣服的小姐被我打。'

這或許與 'ima 和 kama 的功能有關，'ima 功能是連貫修飾語與中心語，表狀態或性質。如：

8a. taw'an sopa:eh
[房子 大]
'房子很大。'

b. nisia   b-in-a:iw   hiza'   taw'an   'ima   sopa:eh
[他-屬格 買-完成貌   那   房子   關係詞   大]
'他買了那間大房子。'

而 kama 加在動詞之前表示習慣，如：

9a. yako kama   si'ael   nanaw ka   pazay
[我   關係詞   吃   一直   受格 飯]
'我這個專吃飯的人。'
'我很會吃。'

b. sia   kama   'aŋan yakin
[他 關係詞 罵   我-受格]
'他一直罵我。'

副詞結構

    副詞結構依其所表達的語意分成原因、讓步、條件、目的及時間子句，以下將逐一介紹。

1．原因子句

    原因子句通常不需要連接詞來連貫，而可以從前後語境推敲出其關係。例如：

1a. 'awhay ka   kawaS
   [壞   主語 天]
   baki' 'okay 'oSa' '-om-alop
   [爺爺 否定 去   打獵-主事焦點]
   '因爲天氣不好，所以爺爺沒有去打獵。'

 b. 'ayaeh yao, '-in-okay wa:i' yao
   [生病 我   否定-動貌 來   我]
   '因爲生病，所以我沒來。'

原因子句可以在前，如上列的例句所示，亦可以出現在後面，如：

2a. hi   baki' 'okay 'oSa' '-om-alop
   [主格 爺爺 否定 去   打獵-主事焦點]
   'awhay ka   kawaS
   [壞   主語 天]
   '爺爺沒有去打獵，因爲天氣不好。'

 b. kahi:a' yao '-in-okay wa:i' 'ayaeh yao
   [昨天 我 否定-動貌 來   生病 我]
   '我昨天沒來，因爲生病。'

表示結果的子句可以用 ma'isa:a' 或 kano' 來引介。

3. korkoring 'okay 'ya 'alem ma'isa:a' marbon ila
   [小孩   否定 小心   所以   跌倒 了]
   '小孩不小心，所以跌倒了。

4a.niSo　　'okik　ray　　　taw'an

　　[你　　否定　處所格　房子

　　kano'　rayhil　si-pa'oka'　　ila

　　所以　錢　　　工具焦點-丟　了]

　　'你不在家所以錢丟了。'

　b. korkoring Sebet-en　　　kano' h-om-angih　ila

　　　[小孩　　打-受事焦點　所以 哭-主事焦點 了]

　　　'小孩被打所以哭了。'

2 · 讓步子句

　　讓步子句以 'ana 「連、即使」來引介，主要動詞前有 ma: 「也；還是」。（12c）'ana 顯示可以省略。

12a. 'isahini' 'ana　'-om-oral

　　　[現在　連　下雨-主事焦點

　　　yako　　ma: 'am rima' ila

　　　我-主語 也　要　去　　動貌]

　　　'雖然現在下著雨，我還是要出去。'

　b. kahi:a' 'ana '-om-oral　　　yako　　ma: rima' ila

　　　[昨天 連 下雨-主事焦點 我-主語　也　去　了]

　　　'雖然昨天下著雨，我還是出去了。'

　c. kita'-en　　　　ya-'oral　yako　　ma: 'am　rima'

　　　[看-受事焦點　-下雨　我-主語　也　要　去]

　　　'雖然看起來要下雨，我還是要出去。'

3．條件子句

條件子句有兩種，若條件與事實相反，則用 naw
「希望」。

13a. yako naw k-om-osa'   kabkabahae:
　　　[我　如果　說-主事焦點　小鳥
　　　'a mayap ila   hita:a'
　　　要　飛　　到　那裏]
　　　'如果我是小鳥，我要飛到那裏去。'

　 b. yako naw 'aehae' hahila' 'a'a'aew
　　　[我　如果　一　　　天　　　跑
　　　'amkik nak hini' kin   kerpe:
　　　否定　像　　這　持續貌　胖]
　　　'我如果每天跑，就不會這麼胖了。'

　 c. So'o ka-hi:a' naw   ta-ka:iba:en ni   'oya'
　　　[你　昨天　　如果　洗-衣服　　屬格　媽媽
　　　ka-ba:ey-en   ka   rayhil
　　　名物化-給-受事焦點　受格　錢]
　　　'你昨天果洗衣服，媽媽就會給你錢。'

　 d. naw   kahi:a' So'o mwa:i'
　　　[如果　昨天　你　主事焦點-來
　　　So'o 'am Sahoro: ila hisia
　　　你　會　看到　了　他-受格]
　　　'你昨天如果來，就可以看到他了。'

若爲可能之事實，則用 So。So 的意思爲「當」，亦用
於時間子句中。

14a. rim'an So '-om-oral　　　　yako 'amkay wa:i'
　　[明天　當 下雨-主事焦點　我　　否定　來]
　　'如果明天下雨，我就不來了。'

　b. so'o　So　S-om-ebet　　　yakin
　　[你　　當　打-主事焦點　　我-受格
　　yako　　'amkay bahi' ka　　ka:iba:en 'iniSo
　　我-主格 否定　洗　受格 衣服　　你-予格]
　　'你如果打我，我就不幫你洗衣服。'

　c. yako　　So kakita' hi　　baki'
　　[我　　當 相見　受格 爺爺
　　ma'an　　ka-payaka:i'-in
　　我-屬格　名物化-講-受事焦點]
　　'我如果看到爺爺，會告訴他。'

4・目的子句

　　賽夏語的目的子句以名物化結構來表示。如：

16a. 'oya' t-om-alek　　　no　　　korkoring
　　[媽媽 煮-主事焦點 予格　　　小孩
　　ka-si'ael-en
　　名物化-吃-受事焦點]
　　'媽媽煮飯給小孩吃。'

b. kokoring h-om-awaeh　　'ini　　baki'
[小孩　　開門-主事焦點　予格　爺爺
ka-kaS'abo'-an
名物化-進入-處所焦點]
'小孩開門讓爺爺進去。'

5・時間子句

　　賽夏語的時間子句可以不用連接詞，由前後語境來
表示。如：

17a. So'o 'am rima' ila　　kiSka:at ka　　hiza' ka　　kina:at
[你　要　去　動貌　讀　　受格 那　受格 書]
'你走以前，要讀那本書。'

b. yako　　　mari' ka　　mingkoringan yako　　　tikot
[我-主格 拿　受格 女人　　　　我-主格　怕]
'我結婚的時候，很害怕。'

c. yako kahi:a' s-om-i'ael　　rima' ila
[我　昨天　吃-主事焦點 去　了]
'我昨天吃了以後，就出去了。'

也可以藉由 So 來表示「當...時」（18a）以及否定和動
貌來表示來表示「前、後」（18b、c）。例如：

18a. 'obay　kahi:a' m-wa:i'
['obay 昨天　主事焦點-來
yako　　so s-om-i'ael　　ka　　pazay
我-主格 當 吃-主事焦點 受格 飯]
''obay昨天來的時候，我正在吃飯。'

b. yako <u>’i’ini’ ’ik putngor ila</u> hini’ ’-om-oral ila

[我 否定 到達 到 這裏 下雨-主事焦點 了]

‘我來以前，下雨了。’

c. yako ’insa’an <u>s-om-in-iael</u>

[我 等一下 吃-主事焦點-完成貌

yako ’am rima’ ila

我-主格 要 去 了]

‘我等一下吃了以後，就要出去。’

並列結構

並列結構分名詞並列及動詞並列兩種，所用的連接詞不同：名詞並列用 kir。

20a. ’ataw kir kalih sarara’ s-om-i’ael ka tawmo’

[‘ataw 和 kalih 喜歡 吃-主事焦點 受格 香蕉]

‘’ataw和kalih（都）喜歡吃香蕉。’

b. yako kir ’obay kakoring

[我-主格 和 ’obay 打架]

‘我和’obay打架。’

21a. sia S-om-ebet hi ’obay kir ’ataw

[他-主格 打-主事焦點 受格 ’obay 和 ’ataw]

‘他打了 ’obay和 ’ataw。’

b. yako kahi:a’ Sahoro: hi ’obay kir ’ataw

[我-主格 昨天 看見 受格 ’obay 和 ’ataw]

‘我昨天看見 ’obay 和 ’ataw。’

22a. yami　　　　s-om-i'ael　ka　tawmo' kir　hokol
　　[我們-主格　吃-主事焦點　受格　香蕉　　跟　芋頭]
　　'我們吃了香蕉跟芋頭。'

b. yami　　　　S-om-ebet　　ka　　ngyaw kir　'ahoe'
　　[我們-主格　打-主事焦點　受格　貓　　和　狗]
　　'我們打貓和狗。'

動詞組可以不用連接詞而直接並列，或是用 yo「又」
或 a「或；還是」以及 hi「或；還是」來連接。

23a. sia　　　S-om-bet　　　ka　ma'i:aeh
　　[他-主格　打-主事焦點　受格　人
　　yo　'-om-angang　nahan ka　　ma'i:aeh
　　又　罵-主事焦點　還　　受格　人]
　　'他打人又罵人。'

b. 'alaw soba:eh　kayzaeh kita'-en
　　[魚　大　　好　　　吃-受事焦點]
　　'魚又大好又吃。'

24a. So'o　　'am　papama' a:　　'am mangra:an
　　[你-主格　要　坐車　　還是　要　主事焦點-走路]
　　'你要坐車還是走路？'

b. niSo　　　'am　hini' a: 'am hiza'
　　[你-屬格 要　　這　或 要　那]
　　'你要這或要那？'

25a. So'o 'am s-om-i'ael　　ka　pazay
　　[你　要　吃-主事焦點　受格　飯

hi: 'am r-om-a'eo: ka pinobae:aeh
或 要 喝-主事焦點 受格 酒]
'你要吃飯或要喝酒？'

b. 'isa'an So'o 'am ila haw kala 'oya'
[等一下 你-主格 要 到 處所格 媽媽

hi: ila haw Miaoli
或 到 苗栗]
'等一下你要到媽媽家或到苗栗？'

第 5 章
賽夏語的長篇語料

osong[34]

猴子

kakhara'an 'oka' ka osong
[以前   沒有   受格 猴子]
'以前沒有猴子'

ka   korkoring a-osong o: hayza' ka   osong
[主格 小孩   變-猴子 有   受格 猴子]
'是小孩變成猴子之後才有猴子的'

rima' rara'oe: ka   tatini'
[去   喝喜酒 主格 老人]
'老人去喝酒'

---

[34]因在訪問過程中受訪者都表示已忘記傳說中的故事,因此本故事乃以小川
尚義與淺井上惠的《台灣高砂族傳說集》中的故事為腳本,再與受訪者核
對而得,特此說明。

'okay aras-i noka tatini' ka korkoring o:
[沒有 帶-受事焦點 屬格 老人 主格 小孩 語氣詞]
'老人沒有帶小孩去'

bi'e: ila ka korkroing o: k-om-osa'
[生氣 了 主格 小孩 語氣詞 說-主事焦點]
'小孩很生氣,說'

yami si-boeloeh noka tatini' o:
[我們 工具焦點-丟 屬格 老人 語氣詞]
'我們被老人丟下來'

yami 'am rima' ila a-osong o: k-om-osa' ila
[我們 要 去 了 變-猴子 語氣詞 說-主事焦點 了]
'我們來變猴子,就說'

ta-paytata' ka 'oe'oel o:
[來-搗 受格 糯米 語氣詞]
'我們來搗糯米'

ta-tawbun ila o:
[來-做糯米糕 了 語氣詞]

'來做糯米糕'

pori'-ani   mita'   ka   minenathang   o:
[補-工具焦點 我們-屬格   主格 洞   語氣詞]
'我們來補洞'

kamnakhiza'an   ray   kinoeh
[那裡   處所格   樑]
'從樑那裡'

pali'a'   katesnenan kapay-ziza'-an   mita' k-om-oSa'
[輕輕開 門   經過之處   我們 說-主事焦點]
'輕輕把門打開就是我們經過之處,說'

t-om-awbon   sizaeh   ila
[做糯米糕-主事焦點   好   了]
'做好了糯米糕'

maharharang   k-om-oSa'   ta-tobo'   noka
[互相說   說-主事焦點   來-插入   屬格
baya'   'am   ka   kiko'   mita'
腰帶   要   主格 尾巴   我們]
'互相對彼此說:我們把腰帶插入當作尾巴'

sizaeh ila ka tinawbon ka kiko' o:

[好 了 主格 糯米糕 主格 尾巴 語氣詞]

'糯米糕好了,尾巴也好了'

ta-ila ila sa o:

[走 了 語氣詞]

'走罷'

maray kinoeh kaSlatar o:

[從 樑 出去 語氣詞]

'從屋樑出去'

kangokngok ila a-osong ila

[猴叫聲 了 變猴子 了]

'吱吱,變成了猴子'

'aroma' rima' ila

[別人 去 了]

'其它人都走了'

'aehae' ila nanaw

[一 了 只]

'只剩一個'

'okik   wa'iSan
[否定   勇敢]
'不夠堅強'

loehapor-en   noka   tatini'   o:
[趕上-受事焦點 屬格   老人   語氣詞
rakep-en   ila o:
抓-受事焦點 了   語氣詞]
　'被老人趕上抓了起來'

rara'et-en   ila   o:
[止-受事焦點 了   語氣詞]
'阻止住了'

payaka:i'-in   kosa'-en
[講-受事焦點   說-受事焦點]
'對他說'

'izi'   ila 'oSa' So'o
[否定 了 去   你-主格]
'你不要去'

So'o　　'aehae'　ila　　nonak
[你　　一　　　了　　自己]
'只剩你一個了'

nom-pama'　ka　　　korkoring　o:
[預備-背　　受格　　小孩　　　語氣詞]
'要照顧小孩'

pa-pama'-en　　　　ka　　korkoring　ila
[使-背-受事焦點　主格　小孩　　　　了]
'把小孩給他背'

rima'　ila　taw'itol　ray　　kahoey　　o:
[去　　了　爬上　　　處所格　樹　　　語氣詞]
'他爬到樹上'

t-om-a'aes　　　　　ka　　korkoring　o:
[放下-主事焦點　　受格　小孩　　　語氣詞]
'把小孩放下'

pak-Saehae'-en　　　　o:
[使-落下-受事焦點　語氣詞]

'放下之後'

k-om-oSa'　　　　hison　ila　korkoring　o:
[說-主事焦點　那邊　了　小孩　　　語氣詞]
'就說：小孩在那邊'

yako　siwazay　ila
[我　　分開　　了]
'我要離開了'

pil'awan　　'oya'
[再見　　　媽媽]
'媽媽再見'

第 6 章
賽夏語的基本詞彙

【國語】	【英語】	【賽夏語】
一劃		
一	one	'aehae'
一百	one hundred	kaboehoel
七	seven	saybuSi: o 'aehae'
九	nine	hae:'hae'
二	two	roSa'
人	person	ma'iaeh
八	eight	maykaSpat
十	ten	langpez
三劃		
三	three	to:o'
下面	below, beneath	ha:hol
上面	above, up	babaw
口水	saliva	haSab

【國語】	【英語】	【賽夏語】
大的	big	soba:eh
大腿	thigh	likelan
女人	woman	ming-koring-an
小的	small	'ol'ola'an
小孩	child	korkoring
小腿	leg	ro'oeh（前）
		yahol（後）
山	mountain	高山 ko:ko:ol
		山上 'os'oso'an
山雞,雉	pheasant	i:laSan

四劃

弓	bow	boehoe:
弓弦	bowstring	Sina:iS
五	five	a:seb
六	six	saybuSi:
切	cut	hiwa:
天	sky	kawaS
太陽	sun	hahila:
心	heart	koko'
手	hand	i:ma'
手肘	elbow	hiko'

【國語】	【英語】	【賽夏語】
日	day	hahila:
月	month	'ilaS
月亮	moon	'ilaS
木柴	wood	kahoey
水	water	ralom
水蛭	leech	wili'
火	fire	hapoy
父親	father (reference)	ka'ama'an

五劃

牙齒	tooth	ngepen
兄姊	older sibling	minatini'
去	go	'oSa'
		rima'
右邊	right	ka'nal
四	four	Sepat
左邊	left	kayri'
打	hit	Sebet
打喝欠	yawn	maSowab
打開	open	hawaeh
打雷	thunder	bi:wa'
打嗝	belch	so'ok

【國語】	【英語】	【賽夏語】
打穀	thresh	maytata'
打獵	hunt	'alop
母親	mother (reference)	ka'ina'an
甘蔗	sugarcane	katboS
生的	raw	mangta'
田	farm, field	水田 pinati'ay
		旱田 'oe'oemaeh
田鼠	rat	ka'roS
甲狀腺腫	goiter	ma-bi'i'
白天	day	hila:an
皮膚	skin	bangeS
石	stone	bato'

六劃

名字	name	raro:
吃	eat	si'ael
回答	answer	tiSkoba:ih
地	earth	ra:i'
多少	how many	piza
		koza
好的	good	kayzaeh
尖的	sharp	SinSinamohan

【國語】	【英語】	【賽夏語】
年	year	tinal'omaeh
死的	dead	'ima' masay
灰塵	dust	wahoel
灰燼	ashes	'abo'
竹子	bamboo	麻竹 'awran
		桂竹 raromaeh
		綠竹 kaplangaw
		箭竹(食) boe:oe'
		箭竹(-食) maraw
竹筍	sprout,bamboo shoot	'anhi'
米	husked rice	Si'Si'
羊	goat, sheep	siri'
耳朵	ear	sali'i:
肉	flesh	bori:
肋骨	ribs	sawiS
臼	mortar	loehoeng
血	blood	ramo'
血管	vein	kapay-ramo'-an
衣服	clothes	ka:iba:en

七劃

【國語】	【英語】	【賽夏語】
作夢	dream	'iSpi'
你	thou	So'o
你們	you（pl.）	moyo
冷的	cold	東西 yazaw
		天氣 maskes
吹	blow	hiyop
吸	suck	'os'os
坐	sit	sa:eng
屁	fart	'etot
尿	urine	kahbo'
弟妹	younger sibling	mina'iti'
我	I	yako, yao
我們	we（exclusive）	yami
抓	scratch	kakao'
村莊	village	kinas-'asang-an
部落	tribe	'asang
男人	man	kama-maŋgra:an
肝	liver	rae'aɛl
肚子,腹	belly	tiyal
芋頭	taro	rokol
走	walk	manra:an

【國語】	【英語】	【賽夏語】

八劃

乳房	breasts	hoehoe'
來	come	wa:i'
呼吸	breathe	hemnak
夜晚	night	ha:wan
拍	peck, tap	tango'
抱	hold	a:opo'
朋友	friend	'aeh'aehael
果實	fruit	boway
枝	branch	panga'
林投,鳳梨	pandanus, pineapple	pangrang
松鼠	squirrel	kabhoet
松樹	pine-tree	ha'en
杵	pestle	'aSo'
河流	river, brook	ba:la'
油脂	fat, grease	Sima'
爸爸	father (address)	yaba'
狗	dog	'ahoe'
知道	know	ra:am
肺	lung	bae:ae'

【國語】	【英語】	【賽夏語】
近的	close	'al'alihan
長矛	spear	robak
長的	long	'inaro'
雨	rain	'a'oral

九劃

前面	front	kapti'ala'
厚的	thick	karpa:
咬	bite	ka:as
咱們	we（inclusive）	'ita'
屎	excreta	sae'it
屋子	house	taw'an
屋頂	roof	sinakban
後面	back	hikor
挖	dig	kowih
指	point　to	tore'
星星	star	bitoe'an
洗（依服）	wash (clothes)	bahi' (ka kayba:en)
洗（盆子）	wash (dishes)	bahi' (ka marahi')
洗（澡）	wash (bathe)	ranaw
活的	alive	'i'i:aeh
看	see	kita'

【國語】	【英語】	【賽夏語】
砂	sand	bonaz
穿山甲	ant-eater, pangolin	'ae:em
胃	stomach	kowa'
苦的	bitter	'ae'iw
虹	rainbow	haleb noka' habon
重的	heavy	sil'i:
風	wind	ba:i'
飛	fly	a:yap
飛鼠	flying squirrel	hapis
香菇	mushroom	ka'niw

十劃

借	borrow	sibae:aeh
哭	cry, weep	hangih
害怕	fear	tikot
射	shoot	pana'
拿	take	mari'
根	root	hames
烤	roast	在火上 sorsor
		接觸火 soloeh
		烘烤 paparang
笑	laugh	Sawa'

【國語】	【英語】	【賽夏語】
草	grass	hinpetelan
蚊子	mosquito	tatango:
豹(大貓)	leopard	e:kraw
酒	wine	pinobae:aeh
配偶	spouse	ba:'iS
針	needle	ti'aeh
閃電	lightening	palomikas
骨	bone	boe'eol

十一劃

乾的	dry	'ae'ae'iw
乾淨的	clean	a:ra:i'
做工	work	patawa:o'
偷	steal	mari'
唱	sing	patol
殺死	kill	tobok
眼睛	eye	masa'
蛇	snake	Siba:i'
蛋	egg	'oesizo:
這個	this	hini'
陷阱	trap	baseng
魚	fish	'alaw

【國語】	【英語】	【賽夏語】
鳥	bird	kabkabaehae'
鹿	deer	wa'ae'
喝	drink	ra'oe:
帽子	hat	tatpo'
游	swim	rarangoy
煮	cook	talek
猴子	monkey	o:song
番刀	sword	mala'

十二劃

短的	short	'itoSan
等候	wait	'ayna'
給	give	be:ay
菜	side dishes	tatimaeh
買	buy	ba:iw
跑	run	'ae'ae'aw
跌倒	fall	mangpel
跛腳	lame, crippled	ma-pa'ih
雲	cloud	o:mon
飯渣	food particles caught between the teeth	Singas

【國語】	【英語】	【賽夏語】

十三劃

傷口	wound	pangih
嗅	smell	sazek
媽媽	mother(address)	'oya'
新的	new	Soso:
暗的	dark	yase'i'an
		天黑 yasemsem
煙	smoke	炊煙 kasbol
痰	sputum	topes
禁忌	taboo	piSiyan
腳	foot	'a'ay
葉	leaf	bi:ae'
蜂蜜	honey	walo'
跟隨	follow	pa'omhael
路	road	ra:an
跳	jump	tomkaw
跳舞	dance	ra:wak
鉤	hook	kapnazip
飽的	satiated	baba:ok

十四劃

【國語】	【英語】	【賽夏語】
嘔吐	vomit	mota'
摸	grope	biris
漂流	adrift, flow	toliyaw
熊	bear	somay
睡	sleep	pa'rem
腿（全腿連腳）	leg	'ae'aey
蓆子	mat	Saal
蒼蠅	fly	nga:aw
蜜蜂	bee	walo'
語言,話	language	ka:i'
說	talk	mayaka:i'
輕的	light	hil'awan
遠的	far	rawaS
餌	bait	potpan
鼻子	nose	kangeslan

十五劃

嘴	mouth	ngabas
敵人	enemy	'ala'
熟的	ripe	'as'asay
熱的	hot	rikrika:
稻(穀)	rice	pazay

【國語】	【英語】	【賽夏語】
箭	arrow	siwa:
線	thread	SinaiS
膝蓋	knee	poe'oe'
蔬菜	vegetables	katatimae'
蟲卵	nit	hiSiS
誰	who	hi:ae'
豬	pig, boar	baboy (家豬)
		waliSan (山豬)
賣	sell	si-ba:iw
醉	drunk	bosok
舖蓆子	lay mat	sapel

十六劃

樹木	tree	kahoey
		'ae'olang
樹林	forest	kahkahoeyan
燒	burn	sahoe:
篩	winnow	zizil
貓	cat	ngyaw
頭	head	ta'oeloeh
頭目	chief	taehoki'
頭蝨	head louse	koso'

【國語】	【英語】	【賽夏語】
頭髮	hair	bokeS

十七劃

龜	turtle	rakolo'
濕的	wet	mis'oeh
縫	sew	sa'is
膽	gall	pa'ezo'
臉	face	kin-ma'i:aeh-an
薄的	thin	lilihpihan
鴿子	pigeon	山鴿 ba'oz
		青鴿 ponay
		灰鴿 wa:wa:o'
黏的	adhere	pa-zingas

十八劃

擲	throw	'osa'
檳榔	betel-nut	banban boway[35]
織布	weave	tonon
舊的	old	tatini'
藏	hide	Sa'ilin
蟲	worm, maggot	SibSiba:i'

---

[35] 賽夏語無此字，此自是由檳榔的果實合成的，亦可說成 boway noka banban。

【國語】	【英語】	【賽夏語】
雞	chicken	tata:a'
額	forehead	rae'iS
壞的	bad	'awhay
繩子	rope	Sina:iS

十九劃

關上	close	'ileb
霧	fog	o:mon

二十一劃

籐	rattan	'oeway
露	dew	lamo:
聽	hear	bazaeh
髒的	dirty	'ol'ola'an
鰻	eel	tola'

賽夏語的參考書目

三台雜誌社

    1986   《賽夏族・矮靈祭》，三台雜誌社。

小川尚義、淺井上惠

    1935   《高砂族傳說集》，頁109－128，台北：台北
帝國大學語言研究室。日本刀江書院重刊。

朱鳳生

    1995   《賽夏人》。新竹縣政府。

李壬癸（Li, Jen-kuei Paul）

    1992   《台灣南島語言的語音符號系統》。台北：
教育部教育研究委員會。

    1993   賽夏族矮人祭歌詞重探，《中央研究院歷史
語 言所集刊》，第六十四本，第四分，頁
891-993。中央研究院歷史語言所

    1994   台灣南島民族關於矮人的傳說，《中國神話
與傳說學術研討會論文集》，頁579-604。漢
學研究中心。

    1997a 《台灣南島民族的族群與遷徙》。台北：常
民文化公司。

    1997b 《台灣平埔族的歷史與互動》。台北：常民
文化公司。

林衡立

　　1956　賽夏族矮靈祭歌詞，《中央研究院民族所集
　　　　　刊》，2，頁31-107。中央研究院民族所。

胡台麗、謝俊逢

　　1993　五峰賽夏族矮靈祭歌的詞與譜。《民族學研
　　　　　究所資料彙編》，頁1-77。中央研究院民族
　　　　　所。

胡家瑜

　　1996　《賽夏族的物質文化：傳統與變遷》，台北
　　　　　市：中華民族學會。

陳千武

　　1991　《台灣原住民的母語傳說》，台原出版社。

陳淑萍

　　1998　《南賽夏族的領域歸屬意識》，國立師範地
　　　　　理系碩士論文。

溫知新

　　1995　《台灣民間文學採訪記音手冊：賽夏族語言
　　　　　教材》，行政院文化建設委員會。

溫振琴

　　1995　《國民小學鄉土教材：賽夏語讀本》，教育
　　　　　部、苗栗縣政府。

葉美利

　　1995　賽夏語的時制與動貌初探，《台灣南島民族
　　　　　母語研究論文集》，頁369-384。教育部教育
　　　　　研究委員會。

　　1997a　台灣南島語的焦點與主語語意角色之對應關
　　　　　係，《台灣語言發展學術研討會論文集》，頁
　　　　　103-120，台灣：新竹師範學院，六月六日~
　　　　　七日。

　　1997b　語音系統與音標符號的選用：由賽夏語談
　　　　　起，母語教育研討會，台灣：新竹師範學院，
　　　　　六月三十~七月一日。

　　1997c　國語與台灣原住民語言的主要語法差異，母
　　　　　語教育研討會，台灣：新竹師範學院，六月
　　　　　三十~七月一日。

　　1998　賽夏語有字句中的存在與領屬關係，台灣語
　　　　　言及其教學國際研討會，台灣：新竹師範學
　　　　　院，五月三十一~六月一日。

葉美利、趙山河

　　1998　賽夏語復原說明，《番族慣習調查報告書第
　　　　　三卷：賽夏族》，頁7-11。中央研究院民族
　　　　　學研究所編譯。中央研究院民族學研究所。

趙元任

　　1980　《中國話的文法》，丁邦新譯，香港中文大
　　　　　學。

趙淑芝

　　1995　《新竹縣鄉土教材語言篇：賽夏語讀本》，
　　　　　新竹縣政府。

趙榮琅

　　1954　苗栗縣南庄鄉東河村賽夏族語言學調查簡
　　　　　報，《考古人類學刊》，頁25-27。

Dyen, Isidore (戴恩)

　　1965　Formosan Evidence for Some New Proto-
　　　　　Austronesian Phonemes. *Lingua* 14:285-305.

Li, Paul J.K. (李壬癸)

　　1978a　The Case-marking Systems of the Four Less
　　　　　Known Formosan Languages. *Papers
　　　　　presented at the Second International
　　　　　Conference on Austronesian Linguistics,*
　　　　　January 4-11, 1978, Canberra.

　　1978b　A comparative vocabulary of Saisiyat dialects
　　　　　(賽夏語比較詞彙). BIHP (中央研究院民族
　　　　　所集刊) 49.2:133-199.

Starosta, Stanley（帥德樂）

    1974   Causative Verbs in Formosan Languages. *Oceanic Linguistics* 13:279-369.

Tsuchida, Shigera（土田滋）

    1964   Prelimary report on Saisiyat: phonology. *Gengo Kenkyu* 46:42-52.

Yeh, Marie M. (葉美利)

    1990   *Saisiyat Structure*. MA Thesis, Hisnchu: Tsing Hua University.

    1995   Focus and Case Marking System in Saisiyat. *Papers From the First International Symposium on Languages in Taiwan*, 29-58. Taipei: The Crane Publishing Company, Ltd.

    1999   Syntax and Semantics of the Saisiyat Negators. To appear in *Grammatical Analysis of Austronesian and Other Languages,* ed. by Videa De Guzman.

專有名詞解釋

三劃

小舌音 (Uvular)

　　發音時，舌背接觸或接近軟顎後的小舌所發的音。

四劃

互相 (Reciprocal)

　　用以指涉表相互關係的詞，如「彼此」。

元音 (Vowel)

　　發音時，聲道沒有受阻，氣流可以順暢流出的音，可以單獨構成一個音節。

分布 (Distribution)

　　一個語言成分出現的環境。

反身 (Reflexive)

　　複指句子其他成份的詞，如「他認爲自己最好」中的「自己」。

反映 (Reflex)

　　直接由較早的語源發展出來的形式。

五劃

引述動詞 (Quotative verb)

用以表達引述的動詞，後面常接著引文，如「他說『…』」。

主事者 (Agent)

在一事件中扮演動作者或執行者之語法成分。

主事焦點 (Agent focus)

焦點的一種，主語為主事者或經驗者。

主動 (Active voice)

動詞的語態之一，選擇動作者或經驗者為主語，與之相對的為被動語態。

主題 (Topic)

句子所討論的對象。

代名詞系統 (Pronominal system)

用以替代名詞片語的詞。可區分為人稱代名詞、如「我、你、他」，指示代名詞，如「這、那」或疑問代名詞，如「誰、什麼」等。

包含式代名詞 (Inclusive pronoun)

第一人稱複數代名詞的形式之一，其指涉包含聽話者，如國語的「咱們」。

可分離的領屬關係 (Alienable possession)

領屬關係的一種，被領屬的項目與領屬者的關係為暫時性的，非與生具有的，如「我的筆」中的「筆」和「我」，參不可分離的領屬關係（inalienable possession）。

可指示的 (Referential)

> 具有指涉實體之功能的。

目的子句 (Clause of purpose)

> 表目的的子句，如「為了…」。

六劃

同化 (Assimilation)

> 一個音受到其鄰近音的影響而變成與該鄰近音相同或相似的音。

同源詞 (Cognate)

> 語言間，語音相似、語意相近，歷史上屬同一語源的詞彙。

回聲元音 (Echo vowel)

> 重複鄰近音節的元音，而把原來的音節結構 CVC 變成 CVCV。

存在句結構 (Existential construction)

> 表示某物存在的句子。

曲折 (Inflection)

> 區分同一詞彙不同語法範疇的型態變化。如英語的 have 與 has。

有生的 (Animate)

> 名詞的屬性之一，用以涵蓋指人及動物的名詞。

自由代名詞 (Free pronoun)

可獨立出現，通常分布與名詞組相似的代名詞，相對附著代名詞。

舌根音 (Velar)

由舌根接觸或接近軟顎所發出的音。

七劃

刪略 (Deletion)

在某個層次原先存在的成分，經由某些程序或變化而不見了。如許多語言的輕音節元音在加詞綴後，會因音節重整而被刪略。

助詞 (Particle)

具有語法功能，卻無法歸到某一特定詞類的詞。如國語的「嗎」、「呢」。

含疑問詞的疑問句 (Wh-question)

問句之一種，以「什麼」、「誰」、「何時」等疑問詞詢問的問句。

完成貌 (Perfective)

「貌」的一種，事件發生的時間被視為一個整體，無法予以切分，參非完成貌 (Imperfective)。

八劃

並列 (Coordination)

指兩個句子成分在句法上的地位是相等的，如「青菜和水果都很營養」中的「青菜」與「水果」。

使動 (Causative)

某人或某物造成某一事件之發生，可以透過特殊結構、動詞或詞綴來表達。

受事者 (Patient)

句子中受動作影響的語意角色。

受事焦點 (Patient focus)

焦點之一，其主語為受事者，在南島語中，通常以- n 或-un 標示。

受惠者焦點 (Benefactive focus)

焦點的一種，主語為受惠者。

呼應 (Agreement)

指存在於一特定結構兩成分間的相容性關係，通常藉由詞形變化來表達。如英語主語為第三人稱單數時，動詞現在式須加 – s 以與主語的人稱及數呼應。

性別 (Gender)

名詞的類別特性之一，因其指涉的性別區分為陰性、陽性與中性。

所有格 (Possessive)

標示領屬關係的格位，與屬格（Genitive）比較，所有格僅標示領屬關係而屬格除了標示領屬關係之外，尚可標示名詞的主從關係。

附著代名詞 (Bound pronoun)

　無法獨立出現，必須附加於另一成分的代名詞。

非完成貌 (Imperfective)

　「貌」的一種，動作或事件被視爲延續一段時間，持
續或間續發生。參「完成貌」。

九劃

前綴 (Prefix)

　指加在詞前的詞綴，如英語表否定的 un-。

南島語系 (Austronesian languages)

　指分布在太平洋和印度洋島嶼中，北起台灣，南至紐
西蘭，西至馬達加斯加，東至南美洲以西復活島的語
言，約有一千二百多種語言。

後綴 (Suffix)

　加在一詞幹後的詞綴，如英語的 –ment。

指示代名詞 (Demonstrative pronoun)

　標示某一指涉與說話者等人遠近關係的代名詞，如
「這」表靠近,「那」表遠離。

是非問句 (Yes-no question)

　問句之一種，回答爲「是」或「不是」。

衍生 (Derivation)

　構詞的方式之一，指詞經由加綴產生另一個詞，如英
語的 work 加 -er 變 worker。

重音 (Stress)

一個詞中念的最強的音節。

音節 (Syllable)

發音的單位,通常包含一個元音,可加上其他輔音。

十劃

原因子句 (Causal clause)

用以表示原因的子句,如「我不能來,因為明天有事」中的「因為明天有事」。

原始語 (Proto-language)

具有親屬關係的語族之源頭語言。為一假設,而非真實存在之語言。

時制 (Tense)

標示事件發生時間與說話時間之相對關係的語法機制,可分為「過去式」(事件發生時間在說話時間之前)、「現在式」(事件發生時間與說話時間重疊)、「未來式」(事件發生時間在說話時間之後)。

時間子句 (Temporal clause)

用來表示時間的子句,如「當...時」。

格位標記 (Case marker)

標示名詞組語法功能的符號。

送氣 (Aspirated)

某些塞音發音時的一種特色,氣流很強,如國語的/ㄆ/

(pʰ)音即具有送氣的特色。

十一劃

副詞子句 (Adverbial clause)

扮演副詞功能的子句,如「我看到他時,會轉告他」中的「我看到他時」。

動詞句 (Verbal sentence)

以動詞做謂語的句子。

動態動詞 (Action verb)

表示動作的動詞,與之相對的爲靜態動詞。

參與者 (Participant)

指涉及或參與一事件中的個體。

專有名詞 (Proper noun)

用以指涉專有的人、地等的名詞。

捲舌音 (Retroflex)

舌尖翻抵硬顎前部或齒齦後的部位而發的音。如國語的/ㄓ、ㄔ、ㄕ/。

排除式代名詞 (Exclusive pronoun)

第一人稱複數代名詞的形式之一,其指涉不包含聽話者;參「包含式代名詞」。

斜格 (Oblique)

用以涵蓋所有無標的格或非主格的格,相對於主格或賓格。

條件子句 (Conditional clause)

表條件，如「假如…」的子句。

清化 (Devoicing)

指濁音因故而發成清音的過程。如布農語的某些輔音在字尾會清化，比較 hut 「喝 (主事焦點)」 與 hudan 「喝 (受事焦點)」。

清音 (Voiceless)

發音時聲帶不振動的輔音。

被動 (Passive)

語態之一，相對於主動，以受事者或終點爲主語。

連動結構 (Serial verb construction)

複雜句的一種，含兩個或兩個以上的動詞，無需連詞而並連在一起。

陳述句 (Declarative construction)

用以表達陳述的句子類型，相對於祈使與疑問句。

十二劃

喉塞音 (Glottal stop)

指聲門封閉然後突然放開而發出的音。

換位 (Metathesis)

兩個語音次序互調之程。比較布農語的 ma-tua 「關 (AF)」 與 tau-un「關 (PF)」。

焦點系統 (Focus system)

在南島語研究上，指一組附加於動詞上，標示主語語意角色的詞綴。有「主事焦點」、「受事焦點」、「處所焦點」、「工具/受惠者焦點」四組之分。

等同句 (Equational sentence)

句子型態之一，其謂語與主語的指涉相同，如「他是張三」中「他」與「張三」。

詞序 (Word order)

句子或詞組成分中詞之先後次序，有些語言詞序較為自由，有些則固定不變。

詞根 (Root)

指詞裡具有語意內涵的最小單位。

詞幹 (Stem)

在構詞的過程中，曲折詞素所附加的成分，可以是詞根本身、詞根加詞根所產生的複合詞、或詞根加上衍生詞綴所產生的新字。

詞綴 (Affix)

構詞中，只能附加於另一詞幹而不能單獨存在的成分，依其附著的位置可區分為前綴（prefixes）、中綴（infixes）與後綴（suffixes）三種。

十三劃

圓唇 (Rounded)

發音時，上下唇收成圓形而發的音。

塞音 (Stop)

　　發音時，氣流完全阻塞後突然打開，讓氣流衝出而發
　　的音，如國語的 /ㄅ/。

塞擦音 (Affricate)

　　由塞音和擦音結合而構成的一種輔音。發音時，氣流
　　先完全阻塞，準備發塞音，解阻時以擦音發出，例如
　　國語的 /ㄘ/ (ts)。

滑音 (Glide)

　　作爲過渡而發的音，發音時舌頭要滑向或滑離某個位
　　置。

十四劃

違反事實的子句 (Counterfactual clause)

　　條件子句的一種，所陳述的條件與事實不符。如「早
　　知道就不來了」中的「早知道」。

實現式 (Realis)

　　指已發生或正在發生的事件。

構擬 (Reconstruction)

　　指比較具有親屬關係之語言現存的相似特徵，重建或
　　復原其原始語的過程。

動貌 (Aspect)

　　事件內在的結構的文法表徵，可分爲「完成貌」、「起
　　始貌」、「非完成貌」、「持續貌」與「進行貌」。

輔音 (Consonant)

發音時，在口腔或鼻腔中形成阻塞或狹窄的通道，通常氣流被阻擋或流出時可明顯的聽到。

輔音群 (Consonant cluster)

出現在同一個音節起首或結尾的相連輔音，通常其組合會有某些限制；如英語只允許最多 3 個輔音出現於音節首。

領屬格 (Genitive case)

表達領屬或類似關係的格。

十五劃

樞紐結構 (Pivotal construction)

複雜句結構的一種，其第一個句子的賓語為第二個句子之主語。如「我勸他戒煙」，其中「他」是第一個動詞「勸」的賓語，同時也是第二個動詞「戒煙」的主語。

複雜句 (Complex sentence)

由一個以上的單句所構成的句子。

論元 (Argument)

動詞要求的語法成分，如在「我喜歡語言學」中「我」及「語言學」為動詞「喜歡」的兩個論元。

齒音 (Dental)

發音時舌尖觸及牙齒所發出的音，如賽夏語的 /s/。

十六劃

濁音 (Voiced)

指帶音的輔音,發音時聲帶會振動。

謂語 (Predicate)

語法功能分析中,扣除主語的句子成分。

選擇問句 (Alternative question)

問句之一種,回答為多種選項中之一種。

靜態動詞 (Stative verb)

表示狀態的動詞,通常不能有進行式,如國語的「快樂」。

十七劃

擦音 (Fricative)

發音方式的一種,發音時,器官中兩部分很靠近但不完全阻塞,留下窄縫讓氣流從縫中摩擦而出,例如國語的/ㄙ/ (s)。

十八劃

簡單句 (Simple sentence)

只包含一個動詞的句子。

十九劃

顎化 (Palatalization)

指非硬顎部位的音,在發音時,舌頭因故提高往硬顎
部位的過程。如英語 tense 中的 /s/ 加上 ion 後,受
高元音 /i/ 影響讀爲 /ʃ/。

關係子句 (Relative clause)

對名詞組的名詞中心語加以描述、說明、修飾的子句,
如英語 *The girl who is laughing is beautiful.* 中的 *who is laughing* 即爲關係子句。

二十二劃

聽話者 (Addressee)

說話者講話或交談的對象。

顫音 (Trill)

發音時利用某一器官快速拍打或碰觸另一器官所發出
的音。

二十四劃

讓步子句 (Concessive clause)

表讓步關係,如由「雖然…」、「儘管…」所引介的子句。

索引

人稱, *73, 79, 80, 81, 84,*
　　119, 120, 123, 126
中綴, 55, 59, 62, 63, 65,
　　96, 97, 101, 133, 143
主格, 58, 62, 71, 72, 73,
　　74, 77, 78, 79, 80, 81,
　　82, 83, 84, 87, 88, 123,
　　124, 126, 137, 138, 139,
　　140, 141, 149, 150, 151,
　　152, 153
代名詞, 79, 80, 81, 82, 83,
　　84, 85, 123, 126, 127
名物化, *88, 89, 93, 94,*
　　103, 104, 109, 123, 127,
　　148, 149, 150
存在句, *104, 105, 107*

刪略, 54, 55, 80
否定, *61, 73, 82, 86, 97,*
　　100, 107, 109, 110, 111,
　　112, 113, 114, 115, 116,
　　117, 119, 120, 121, 122,
　　140, 146, 147, 148, 149,
　　151
並列, *132, 151*
受格, 57, 59, 61, 62, 63,
　　64, 68, 69, 70, 71, 72,
　　73, 74, 75, 76, 77, 78,
　　79, 80, 81, 82, 83, 84,
　　85, 87, 88, 90, 91, 92,
　　94, 95, 96, 97, 98, 99,
　　100, 102, 107, 108, 109,
　　111, 112, 113, 115, 116,

119, 120, 123, 124, 125,
126, 127, 128, 130, 133,
134, 135, 136, 137, 138,
139, 140, 141, 142, 143,
144, 145, 148, 149, 150,
151, 152, 153

受惠格, 62, 73, 74, 75, 76,
79, 80, 81, 83, 84, 123,
124, 125, 149, 150

所有格, 65, 73, 74, 75, 79,
80, 82, 84, 123, 125

南島語, 39, 44, 79, 107

客體, 74, 77, 79, 81, 84,
86, 88, 89

後綴, 56, 59, 62, 63, 64,
65, 108

是非問句, 117, 121, 122

祈使句, 86, 108, 109

衍生詞, 57, 58, 63

述說結構, 132, 139, 140

重音, 51, 52, 53, 122

重疊, 57, 65, 66, 67, 68

音位, 41, 42, 50, 52, 54

音節, 40, 48, 51, 52, 53,
55, 56, 57, 66, 67, 68,
80

時制, 89, 90, 104, 133

時貌, 103, 104

格位標記, 8, 9, 13, 14, 58,
72, 73, 78, 81, 108, 123

送氣音, 41, 53

副詞子句, 90, 132

動態動詞, 94, 104, 111,
121, 141

動貌, 89, 90, 94, 101, 102,
104, 105, 133

終點, 74, 81, 84, 129

處所句, 104, 107

處所格, 57, 73, 74, 76, 77,
79, 80, 82, 83, 84, 90,
91, 98, 105, 107, 110,
113, 116, '22, 123, 124,
125, 131, 133, 147, 153

被動, 64

連動結構, 132, 134, 136

陳述句, 86, 108, 110, 115,

120

單純詞, 57, 58

焦點, *54, 55, 59, 62, 63, 64, 65, 68, 69, 70, 71, 72, 74, 75, 76, 77, 78, 79, 81, 82, 83, 86, 87, 88, 89, 90, 91, 92, 93, 94, 95, 96, 97, 98, 100, 102, 103, 104, 108, 109, 111, 112, 113, 115, 119, 120, 121, 123, 124, 126, 127, 128, 129, 130, 132, 133, 134, 135, 136, 137, 138, 139, 140, 141, 142, 143, 144, 147, 148, 149, 150, 151, 152, 153*

詞幹, *57*

詞綴, 54, 55, 56, 58, 63, 67, 79, 87, 93, 120

塞音, 41, 43, 44, 45, 53, 54

新事態, *94, 99, 101, 102, 103*

補語連詞, *137, 138, 139*

補語結構, *132*

疑問句, *79, 122, 123*

語意角色, 74, 77, 78, 79, 81, 82, 83, 84, 86, 88, 89

認知結構, *132, 137, 139*

輔音, *43, 44, 45, 49, 56*

領屬句, *104, 107*

樞紐結構, *132, 135, 136*

複合詞, 57, 58

複雜句, *132*

謂語, *107, 110, 121*

靜態動詞, *87, 95, 100, 101, 110, 121, 141*

擦音, 43, 44, 45, 46, 47, 53

邊音, 45, 47, 51

關係子句, *132, 141, 142, 143, 144*

屬格, 57, 58, 59, 64, 68, 71, 72, 73, 74, 77, 78, 79, 80, 81, 82, 84, 85,

87, 88, 89, 90, 91, 93, 94, 96, 102, 103, 112, 115, 123, 124, 126, 127, 134, 135, 136, 140, 143, 144, 145, 148, 149, 152

顫音, 45, 48

國家圖書館出版品預行編目資料

賽夏語參考語法／葉美利作. —初版. —臺北
　　市：遠流, 2000〔民89〕
　　　面；　　公分. —（臺灣南島語言；2）
　　參考書目：面
　　含索引
　　ISBN 957-32-3888-8（平裝）

　　1. 賽夏語

802.992　　　　　　　　　　　　89000124